불가능

L'IMPOSSIBLE
by Georges Bataille

조르주 바타유
불가능

성귀수 옮김

wo
rk
ro
om

일러두기

이 책은 1962년 프랑스 미뉘 출판사(Les Éditions de Minuit)에서 출간된 조르주
바타유(Georges Bataille)의 『불가능(L'Impossible)』을 한국어로 옮긴 것이다.

본문의 주(註)는 옮긴이 또는 편집자가 작성했다.

원문에서 이탤릭체로 강조된 부분은 방점을 찍어 구분했고, 대문자로 표기된
부분은 고딕체로 옮겼다.

차례

작가에 대하여

조르주 바타유(Georges Bataille, 1897–1962)는 프랑스의 사상가이자 소설가였다. 프랑스 남부 오베르주에서 태어난 그는 매독 환자에 맹인이었던 아버지와 조울증 환자였던 어머니의 그늘 아래 한때 성직자가 되기를 꿈꾸기도 했지만 결국 파리 국립 고문서 학교를 택하고, 파리 국립도서관 사서가 된다. 평생 사서로 일한 그는 오를레앙 도서관장으로서 생을 마감했다.

바타유는 매음굴을 전전하며 글을 썼던 에로티슴의 소설가이면서, 소비의 개념에 천착하며 세계를 바라본 인류학자이자 사회학자였다. 니체와 프로이트의 사상에 이어 모스의 증여론와 헤겔 종교철학에 심취했던 바타유는 『도퀴망』, 『아세팔』, 『크리티크』 등 당대 프랑스 사상계를 주도했던 여러 잡지들을 창간하고 운영했던 주체였다.

바타유가 생산한 방대한 글들은 철학, 사회학, 경제학, 미술, 종교, 문학을 아우른다. '성(性)'과 '성(聖)스러움', '작은 죽음'과 '죽음' 등 인간의 삶을 '(비생산적) 소비'의 관점에서 관통하는 개념들은 '비지(非知)'의 상태, 즉 ('주권[主權]', '지고성[至高性]', '지상권[至上權]' 등으로도 옮길 수 있는) '절대권'에 수렴된다.

여러 필명 아래 쓰인 작품들은 서로 느슨히 연결된다. 자전적 에로티슴 소설들 『눈 이야기』, 『태양의 항문』, 『아이』, 『마담 에두아르다』, 『C 신부』, 『하늘의 푸른빛』, 『불가능』, 사후 출간된 『내 어머니』와 『시체』, '무신학대전' 3부작 『내적 체험』, 『죄인』, 『니체에 관하여』, 사상서 『저주의 몫』, 『에로티슴』과 『에로티슴의 역사』와 『에로스의 눈물』, 문학 이론서 『문학과 악』, 미술서 『선사시대의 회화: 라스코 혹은 예술의 탄생』, 『마네』 등이 있다.

7

이 책에 대하여

조르주 바타유는 이 책을 생전 세 차례 출간했다. 1947년 9월, 『쥐이야기(디아누스의 일기)』가 미뉘 출판사에서 출간되었다. 갈리마르에서 "윤리상" 출간을 보류했던 책이었다. 같은 달 역시 미뉘에서 『시의 증오』가 발행되는데, 이 책에는 「쥐 이야기(디아누스의 일기)」, 「디아누스(몬시뇰 알파의 비망록에서 발췌한 메모들)」, 「오레스테이아」가 엮여 있었다. 이어 1962년 4월, 『시의 증오』의 새로운 판본이 발간되었다. 제목은 '불가능'이었다. 약 3개월 후 바타유는 생을 접는다.

바타유는 두 얼굴의 신 야누스의 이름을 빌려 여러 차례 글을 썼다. '디아누스의 일기'라는 부제대로, 이 책은 바타유의 내밀한 말들을 옮긴다. 「쥐 이야기」와 「디아누스」는 자전적 단편이며 마지막 「오레스테이아」는 시와 단상으로 이루어져 있다.

바타유에게 시는 어떤 의미였던가. "내가 시에 다가갈수록 시는 내게 결핍의 대상이다." 고백에 뒤이은 선언. "시의 무의미로까지 치솟지 않은 시는 시의 공허, 그저 아름다운 시에 불과하다." 즉 '시의 증오'란 '시가 시에 대해 느낄 수밖에 없는 증오'다.

시는 밤을 유린하고, 그는 밤을 욕망한다. "언젠가 나는 이 세상을 버릴 것이다. 그때 비로소 밤은 밤이 되고, 나는 죽을 것이다. 하지만 살아 있는 지금, 내가 사랑하는 것은 밤에 대한 삶의 사랑이다. 내 삶이, 그나마 필요한 힘이 남아 있어, 자신을 밤으로 이끌어 갈 대상에 기대를 품는다는 것은 좋은 일이다. 우리는 행복을 찾아 괜한 고생을 한다. 밤 자체가 자신을 사랑할 힘을 우리에게 요구하고 있다. 우리가 계속 살아남을 경우, 밤을 사랑하는 데 필요한 힘을 반드시 확보해야 한다."(59쪽)

바타유에게 '에로티슴', '죽음', '불가능'은 인간이라는 숙명을 받드는 3단성화(三段聖畵, triptyque)다. 이 책은 그 제단에 바쳐진 한 편의 장시로 읽힐 수 있다.

편집자

    그의 입에서 나오는 말은 "예수님"과
"카타리나"뿐이었습니다. 그가 그렇게 말하는 사이, 나는
그의 머리를 두 손으로 받아 들었죠. 두 눈은 신의 섭리를
응시한 채, "뜻대로 하소서"라고 하면서.

··

    그가 땅에 묻혔을 때, 나의 영혼은 평화와 정적 그리고
닦아낸다는 생각을 차마 할 수 없는, 그에게서 흘러내린
피의 향기 속에 편히 쉬었습니다.

시에나의 성녀 카타리나

    죽음을 앞둔 이 순간, 영혼은 형언할 수 없는 환희로
넘칩니다.

아빌라의 성녀 테레사

제2판 서문

소설의 허구적인 이야기들이 그러하듯, 이 텍스트들은 —적어도 처음 두 편은— 진실을 그리려는 의도와 더불어 펼쳐진다. 그렇다고 거기에 납득할 만한 어떤 가치가 있다고 믿는 건 아니다. 나는 변화를 주고 싶지 않았다. 더군다나 변화를 주는 것이 소설의 본질은 아니다. 그리고 다른 사람보다 내가 그런 걸 더 잘한다고는 생각할 수 없었다. 심지어 나는 나의 이야기들이 어떤 의미에선 불가능에 확실히 가닿아 있다고 믿는다. 사실 그 점을 떠올리는 데엔 갑갑한 통증이 따른다. 이 통증은 아마도 공포가 이따금 내 삶에 현존한다는 사실에서 연유할 것이다. 그런가 하면, 비록 허구 속에서나마, 공포만이 거짓의 공허감에서 여전히 나를 벗어나게 해주는 탓일 수도 있다….

현실주의는 내게 오류의 느낌을 준다. 오직 폭력만이

그런 현실주의적 체험의 빈곤감을 떨쳐버린다. 숨통을 막고, 끊는 힘은 오로지 욕망과 죽음에만 있다. 죽음과 욕망의 과잉만이 진실에 가닿도록 해준다.

나는 15년 전 이 책을 처음 펴냈다. 그때는 '시의 증오(La Haine de la Poésie)'라는 모호한 제목이었다. 오로지 증오만이 진정한 시에 도달한다는 것이 당시 나의 생각이었다. 시는 반항의 폭력 안에서만 강력한 의미를 갖는다. 하지만 그 폭력에 도달하기 위해서는 불가능을 환기하는 수밖에 없다. 첫 번째 제목의 의미를 올바로 이해하는 사람이 거의 없었다. 그래서 결국 나는 불가능을 말하기에 이르렀다.

그렇다고 두 번째 제목이 더 명료하다고는 할 수 없다.

하지만 언젠가는 그럴지도 모른다… 나는 거기서 존재의 전면적 약동을 부르는 하나의 경련을 목도한다. 그것은 죽음의 소멸에서 시작해 어쩌면, 소멸의 의미일지도 모를, 관능적 폭발로 치닫는 경련이다.

인간 앞에 펼쳐진 두 가지 전망이 있다. 한쪽은 격렬한 쾌감, 공포, 죽음—정확히 시의 전망—, 그 정반대 쪽은 과학 혹은 유용성의 현실 세계. 유용한 것, 현실적인 것만이 신뢰할 만한 것으로 취급된다. 그것을 외면하고 유혹을 택할 권리가 우리에겐 없다. 진실이 우리에게 권한을 행사하고, 심지어 전권을 휘두른다. 그럼에도 우리는, 신은 아니되, 그 모든 권력을 합친 것보다 더 강력한 무언가에 응답할 수 있고, 또 해야만 한다. 전권을 휘두르는 진실을 지움으로써, 소멸을 받아들임으로써만 가닿을 수 있는 저 불가능에 대하여.

G. B.

제 1 부

쥐 이야기
(디아누스*의 일기)

I

[비망록 1]

가공할 신경증상, 형언할 수 없는 짜증. 이 정도까지 사랑하는 것은 병이다(그리고 나는 앓는 게 좋다).

B는 끝없이 나를 현혹시킨다. 내 신경을 긁는 가운데 그녀의 존재는 커져만 간다. 그녀 안의 모든 것이 어찌나 대단한지! 하지만 소스라치는 가운데서도 나는 의심이 들곤 한다. 그만큼 그녀는 가볍다(거짓투성이에, 표피적이고, 애매모호한 그녀… 말이야 바른 말이지! 실컷 사고나 치다가 아슬아슬 빠져 달아나고, 되는대로 멍청한 소릴 지껄이는가 하면, 터무니없는 일로 우왕좌왕 공연히 부산 떨면서 나라는 도가니, 이 무한정의 체를 슬그머니 비껴간다!).

그녀가 나를 지긋지긋하게 생각하는 거 이제는 안다.

내가 그녀에게 경멸감을 불러일으켰다기보다는(유쾌함과 다정함에서 그녀는 나의 불가능치를 바랐기에 실망하는 거다), 그녀 스스로 무언가 마음이 동할 때마다 익숙한 것이라면 질색을 하고 내치는 거다. 그녀 안에서 나를 흔들어대는 것이 바로 그 안달하는 성향이다.

나는 큼직한 못 하나와 그녀의 알몸을 상상한다. 그녀의 불같은 동작들이 내게 물리적 현기증을 유발하면, 그녀 안에 깊이 찔러 넣는 못을 나는 그냥 놓아둘 수가 없다! 그녀를 볼 수 없고 못만 단단한 상태에서 글을 쓸 때, 나는 그녀의 아랫도리를 부둥켜안는 꿈을 꾼다. 그런 나를 멈추게 하는 것은 행복이 아니라, 그녀에게 다다를 수 없는 나의 무능함이다. 아무튼 그녀는 나를 따돌리고 만다. 그러길 바라는 장본인이 바로 나 자신이라는 점, 고로 내 사랑은 기필코 불행해야 한다는 점이 내가 앓는 가장 지독한 병이다. 실제로 나는 행복을 더 이상 찾지 않는다. 그녀에게 행복을 주고 싶지도, 내가 행복을 취하고 싶지도 않다. 나는 항상 불안에 시달리는 그녀를 건드리고 싶고, 그러다 그녀가 까무러쳤으면 좋겠다. 그녀는 늘 한결같지만, 나는 두 존재가 각자의 무력함에 대한 확신 속으로 더 깊숙이 빠져든 게 아닌가 생각해본다.

A의 아파트(예수회 소속이라는 그의 말이 거짓인지 나는 모른다. 그는 길을 가다가 B에게 접근했고, 근엄하게

20

위선을 떨어 그녀를 즐겁게 해주었다. 첫째 날, 집에서 그는 수단* 차림이었고 그녀와는 술만 마셨을 뿐이다), A의 아파트에서, 감각의 극단적인 무질서 상태와 짐짓 영혼이 고양된 척하는 태도가 뒤섞이는 가운데 우리는 황홀해진다, 마치 술을 마신 것처럼.

심지어 자주, 우리는 셋이서 미친 사람처럼 웃는다.

---

* 가톨릭 성직자가 제의 민에 빋쳐 입서나 평상복으로 입는, 발목까지 오는 긴 옷.

(음악에서 내가 기대하는 것은 검은 사랑인 차가움을 한층 더 깊은 심도로 파고드는 것. B의 음란성에 얽매인, 끊임없는 인고로 봉인되어, 제대로 한번 격렬하거나, 혼탁하거나, 죽음에 근접한 적 없는 바로 그 사랑의 탐사!)

나는 모든 관습을 비웃고, 가장 천박한 것에서 즐거움을 찾는다는 점에서 내 친구들과 다르다. 의뭉스러운 젊은이처럼, 노인네처럼 살아도 나는 부끄럽지 않다. 벌겋게 상기된 얼굴로 잔뜩 취해 스트립바로 들어선다. 이 침울한 몰골과 일그러진 입술을 보고, 설마 내가 즐긴다고 생각할 사람은 아무도 없을 것이다. 더는 감당이 안 될 만큼 나 자신이 처속하다는 느낌이다. 목표를 거머쥐지 못할 경우, 적어도 나는 눈앞의 빈곤을 파고든다.

현기증이 일고 머리가 핑 돈다. '자신감'이 나를 만들고 있음을 깨닫는다 ─ 정확히 말해, 자신감이 나를 방기하고 있음을. 내게 더 이상 자신감이 없을 때, 발밑의 땅이 꺼진다. 존재의 현실성이란 운(運)의 꾸밈없는 확실성이며, 나를 일으켜 세우는 운은 결국 나를 파멸로 이끈다. 내가 최고만 못하다는 생각이 창피하다. 그 생각 자체를 접든지, 남들이 내게 무관심하다는 걸 잊을 정도로.

B가 나를 버리지 않을까 하는 두려움, 쓰레기처럼 파멸의 욕망으로 끙끙 앓는 나를 혼자 내버려둘지 모른다는 두려움이 급기야 나를 흥분시킨다. 방금 전까지만 해도 나는 울고 있었다 ─ 혹은, 텅 빈 눈으로, 환멸을 받아들이고 있었다. 하지만 이제 날이 밝아오면서, 불행이 가능할 거라는 느낌에 한껏 들뜬다. 소프라노의 목에서 변조되어 나오는 노래처럼, 삶이 내 안에서 기지개 켜고 있다.

허공에 휘둘리는 빗자루처럼 행복하다.

물에 빠진 사람이 양손을 잔뜩 오그린 채 죽어가듯이, 침대에서처럼 편안하게 몸을 펴지 않아 사람이 익사하듯이… 그러나 나는 안다.

너는 넋 놓을 애가 아니야. 너는 너 자신의 깜냥만큼만 즐기는 게 맞아. 네가 불안 속에서 끄집어내는 엄청난 관능들, 그것들이 머리부터 발끝까지 너를 흔들어대곤 했어 (너의 성적 희열들, '물랭 블뢰'에서 너의 그 더러운 쾌락들, 포기하지 않을래?).

나의 대답은 이렇다.

"한 가지 조건이 있어…."

"뭔데?"

"아, 아니야… 난 B가 무서워."

녹아내린 눈과 차가운 공기, 바람 아래 펼쳐진 저 쓸쓸한 산악 풍경. 사람이 살 수 없는 이런 곳에서 나는 얼마나 B와 함께 살고 싶어 했던가! 몇 주가 눈 깜짝할 사이에 지나가고….

조건은 동일하다. 알코올, 격동의 순간들(격동하는 알몸 상태), 고통스러운 수면.

폭우가 몰아치는, 그다지 매혹적이지 못한 산길을 걷는다는 건 결코 휴식일 리 없다(차라리 존재 이유에 가깝다).

B와 나를 결합시키는 것은 안정된 동거 생활이기보다는, 그녀와 나 모두의 눈앞에 입을 연 심연과도 같은 불가능이다. 출구의 부재, 온갖 방식으로 다시 고개 드는 난관들, 마치 이졸데의 손에 쥐어진 칼날처럼 우리 사이에 가로놓인 죽음의 위협, 심장이 감당키 어려운 먼 곳까지 우리를 움직여 가게 만드는 욕망, 끊임없는 반목의 고통을 감내할 필요성, 심지어 이 모든 것이 궁핍으로 치닫지 않을까 하는, 결국엔 비루한 오물 구덩이 속으로 곤두박질치는 것이 아닌가 하는—B의—의구심. 이상 모든 것은

24

경악과 기대, 대담성과 불안(아주 가끔은 감질나는 관능)이 한데 버무려진 상태로 매 순간을 연명케 하며, 이를 일거에 해소할 수 있는 건 오직 행동뿐이다(그러나 행동이란…).

이상한 것은, 악덕이 직면하는 난관이 ─ 악덕의 규제, 마비 상태 ─ 현실적 가능성의 비루함이랄지, 무기력 상태에서 연유한다는 사실이다. 소름이 돋는 것은 악덕 그 자체가 아니라 그걸 에워싸고 있는 자잘한 요소들, 악덕의 꼭두각시인 남자와 여자, 세상 잘못 만난 멍청하고 따분한 하수인들이다. 솔직히 말해, 나는 가발 쓴 노부인들조차 얼마든지 오르내릴 수 있는 하나의 쓸쓸한 산봉우리임이 분명하다(자칫 그들이 그리울 정도다. 나이트클럽에 가면 어릿광대들, 황금의 ─ 병실 내 나는 ─ 악취, 시끌벅적 저속한 언행이 마음에 든다).

한계의 감정(결정적인 무력감)이 결여된, 세상 잘 만난 존재들을 나는 증오한다. 만취한 속에서도 진지한 A 신부(神父)의 태도는 (그리고 보면 예수회 소속 맞다) 꾸며낸 것이 아니다. 그 절제된 신성모독적 언사와 행동거지는 ─ 정체불명의 도덕적 엄정함과 더불어 ─ 불가능에 대한 그의 감정에 상응한다.

어제, B와 나, A 신부가 함께한 지녁 식사. A가 떠들어

댄 정신 나간 소리는 술기운 탓으로 돌려야 할까? 아니면, 진실을 언표하는 일이 의혹을 부추겨, 보다 확실하게 기만하는 하나의 방법이라도 되는 걸까?

A는 악마적이지 않고 인간적이다(인간적? 그거 무의미한 거 아닌가). 복장과 지엽적 관심사를 제쳐둔다면, 교회에 적대적으로 헌신하는 자칭 무신론적 수도자인 셈. 목욕 가운을 걸친 예수회 신부(뼈마디 앙상한 길쭉한 몸뚱어리에 도유식[塗油式]*일랑 덤으로 얹어진 야유일 뿐)는 더할 나위 없이 벌거벗은 인간. 그의 진실을 B는 홀린 듯 만져보는데….

나는 어제 만찬의 마법에 사로잡혀 있다. 암컷 늑대처럼 아름답고 검은 B. 파랗고 하얀 줄무늬 가운이 위에서 아래로 살짝 벌어진 너무나도 우아한 자태. 그녀 역시 신부 앞에서 빈정거리고, 호리호리한 불꽃처럼 웃어대고.

세상 무엇 하나 두렵지 않은 순간들, 닻을 올리는 즉시, 애초 주어진 한계인 불가피한 추락일랑 더는 개의치 않고서, 심연을 향해 기꺼이 뛰어드는 이 도취의 순간들이야말로 우리가 지면에서(규범에서) 완전히 해방되는 유일한 시간이다….

* 병을 낫게 하고 악마를 쫓기 위해 신성한 힘을 불어넣는다는 상징으로 몸에 기름을 바르는 종교의식.

존속의 욕망을 넘어 급격한 소진으로 치닫는 그 시간 — 불꽃, 꿈, 폭소에 공통적인 — 이 광란의 의미를 띠지 않는 경우란 존재하지 않는다. 극단에 다다른 무의미조차 언제나 다른 모든 의미를 부정함으로 이루어지는 의미이다(결국 그런 의미란 타인에게는 무의미인 개별 존재의 의미가 아닐까. 오로지 존속을 개의치 않을 경우에만 말이다. 사고 즉 철학은, 불꽃의 극점에서 불어 끈 촛불처럼, 그런 작열의 끝에 거하는 법이다).

A 신부의 신랄하고 냉소적인, 명료하게 경계를 긋는 논리 앞에서 B의 취한 웃음이야말로 (A는 반쯤 벗은 몸으로 안락의자에 파묻혀 있고, B는 그 앞에 불꽃처럼 서서 정신 나간 듯 빈정거리고 있다) 닻을 올리고 심연을 향해 고집스럽게 나아가는 바로 그 무의미한 움직임이었다. (그와 동시에 내 두 손은 그녀의 다리 사이를 파고들고… 갈라져 터진 부위를 찾아 정신없이 헤매면서, 내게 심연을 열어 보이는 그 불 속으로 이글이글 타들어가고….)

그 순간, 알몸의 감미로움(다리 혹은 가슴의 탄생)이 무한에 이르고,
그 순간, 터무니없게 차오른 욕망(우애로 배가된 불안)이 나를 절망케 했다.
바로 그 어마어마한 순간이 — 폭소보다 오래가는 것의 정체를 까발림으로써(불가피한 쇠락을 폭로함으로써)

27

끝없이 흡족해지는 폭소처럼 — 물을 알코올로, 눈에 띄게 가까워진 하늘을 끝없는 공허로, 죽음의 부재로 대체하고 있었다.

광란이 예상되는 온갖 상황들엔 이력이 나 있고, 속은 꼬일 대로 꼬였으며, 현실의 미망에서 완전히 벗어나 살고 있는 A⋯.

B 말고는, 그보다 더 우스꽝스럽게 절망적인 상태를 나는 상상할 수 없다. 희망의 좌절이 아닌, 진짜 절망 상태 말이다. 웃지 않고는 떠올릴 수조차 없는 잡다한 짓들에 마음에서 우러나지 않는 경직된 성실함으로 임하는 것(그런 만큼 전복적이고 역설적인 짓거리들), 충격을 주려고 고안한 게 빤한 방법들의 활력 부재, 방탕의 순도(純度)(체계적으로 규범을 배제하고, 선입견 또한 부실한 그로서는, 처음부터가 최악의 상황), 감각의 일탈을 넘어서는 희열에 대한 야유, 이 모든 것이 A를 일종의 공장 설계 도면과 유사한 존재로 만들어버린다. 그 정도로 관습에서 자유로운 양식이라면 산 같은 확실성과 더불어, 그 야성까지 두루 겸비하는 법.

B는 눈앞에 펼쳐지는 A 신부의 별스러움이 뜻밖이다.
나는 반대로 얼마나 단순한 욕구들이 그의 삶을 결정짓는지 그녀에게 가르쳐준다. 10년 동안의 심도 깊은 연구, 정신적 해체와 은폐를 위한 더딘 견습 기간이 한 남자를 목석으로 만들어버리는 것이다. 약간 의미는 다르지만…, 시체와도 같은 존재로(*perinde ac cadaver*).

"정말 그럴까?"
(아이러니와 쾌락으로 잔뜩 달아오른) B가 물었다.
신부 발치에 무릎 꿇은 그녀… 내 터무니없는 발상이 짐승처럼 흡족한 모양.
뒤로 젖혀진 우리 친구의 얼굴이 빈정대는 미소로 환해졌다.
긴장을 푸는 가운데에도 격정이 감돈다.
찡그린 입술 그리고 형언할 수 없는 행복감에 푹 빠져, 천장을 끝없이 배회하는 두 눈동자.

갈수록 암컷 늑대처럼 음탕해지는 B가 내게 말한다.
"신부님 좀 봐, 천사처럼 웃고 있네."
"주님의 천사들이 의로운 자의 잠을 앗아가도다!"
A는 마치 하품을 하듯 말하고 있었다.

입술이 축축해진 B를 보면서, 폐부 깊숙이 그녀를 들여다보면서, 나는 죽어 있지 않은 나 자신이 개탄스럽다. 몸과 지성, 마음을 고갈시킴과 동시에 격렬한 쾌락, 극단적인 대담성으로 치닫다 보면 거의 생존 자체가 파기되는 법. 적어도 그것은 삶의 휴식을 몰아낸다.

고독이 나를 주눅 들게 한다.

B로부터 걸려온 전화 한 통이 내게 알려준다. 조만간 그녀를 다시 보게 될지 내가 자신 없어 함을.

'외로운 인간'은 저주받았다.

B와 A는 다분히 의도적으로 혼자다. A는 종교 교단 내에서, B는 가족의 테두리 안에서. 어떤 기만적인 관계를 맺고 사는지는 모르지만, 아무튼 그들은 각기 혼자다.

추위로 온몸이 떨린다. 불현듯, 뜻하지 않게, B가 떠났다는 사실에 구역질이 난다.

뜻밖이다, 내가 죽음을 두려워하고 있다니. 비겁하고 유치한 두려움이다. 나는 완전연소의 조건하에서만 살고 싶다(그게 아니면 그저 존속하고 싶은 것일 게다). 이상하게 들릴지 모르지만, 딱히 존속을 고집할 생각이 없다 보니 저항할 힘이 내게서 빠져나가는 거다. 내가 불안에 허덕이며 죽음을 두려워하는 것은, 살고 싶은 마음이 없어서일 뿐이다.

내 안에 어느 정도의 강인함과 최악을 개의치 않는 정신, 인고에 필요한 광기가 있을 거라 짐작한다. 그럼에도 나는 떨고 있다, 아프다.

내 상처는 치유될 수 없다는 걸 알고 있다.

횃불처럼 짙은 인개 속을 밝히는 B의 암컷 늑대 같은

도발이 없다면, 만사가 싱겁고 세상은 공허할 것이다. 지금, 썰물처럼, 삶이 내게서 빠져나간다.

바라건대 내가 만약….
아니다.
나는 거부한다.
나는 침대에 누운 채 두려움에 시달린다.

그녀의 도발 — 백합 같은 상큼함, 알몸처럼 싱그러운 손길 — 정점으로 치닫는 심장처럼, 거머쥘 수 없는….
그런데 기억이 가물거린다.

나는 점점 더 기억력이 나빠진다.
너무 허약해서, 나는 종종, 글쓰기가 힘에 부친다. 거짓말을 할 힘? 그렇게 말하는 것도 물론 가능하다. 지금 이렇게 늘어놓는 말들이 거짓말을 하는 거다. 감옥에서라면 벽에 글이나 새기고 있진 않을 것이다. 탈출구 만들려고 손톱 빠져라 벽을 파댈지언정.
글을 써? 손톱은 집어넣고, 대신 해방의 순간만을 하염없이 희구한다?
내가 글을 쓰는 이유는 B한테 다가가기 위함이다.

가장 절망적인 상황. 급기야 B가, 그녀 인생의 미로에서 아리아드네의 실이나 마찬가지인 내 사랑을 놓쳐버리는 것.

그녀와 나, 피차 벽에 가슴을 갖다 대고 그 너머 귀 기울여줄 누군가를 희구한 채 싸늘함 속에서 죽어가는, 그렇게 죽고 나서야 빠져나갈 수 있는 어둠의 감옥에 들어와 있음을 그녀는 알면서도, 망각한다(원한 게 그거라면, 망각은 필연 아닌가?).

맙소사! 바로 그 순간에 도달하기 위하여 감옥이 필요하다니! 향후 이어질 어둠과 추위까지도!

어제 A와 함께 한 시간을 보냈다.

무엇보다 나는 이렇게 쓰고 싶다. 우리에겐 도달할 방법이 없다. 사실 우리는 도달한다. 절실하던 시점에 불현듯 도달하고는, 잃어버린 어느 순간을 찾는다며 남은 인생을 소모한다. 하지만 찾다 보면 멀어지기 마련이라는 바로 그 이치에 따라, 우린 또 얼마나 자주 그 순간을 놓치고 마는가! 어쩌면 우리가 서로 합치는 것이⋯ 회귀의 순간을 영영 놓쳐버리는 방법일지도.—불현듯, 나의 밤, 내 고독 속, 불안이 사라진 자리에 확신이 들어앉는다. 은밀하게, 아프지도 않게(워낙 아프다 보니, 더는 아프지 않다), 불현듯 B의 심장이 내 심장 속에 있다.

대화하는 내내, 쫓기는 짐승의 고통스러운 움직임이 내게서 숨 쉴 욕구를 앗아가곤 했다. 나는 말하려는 유혹을 느끼고 있었다. 그 유혹에, 빈성거리는 얼굴이 맞장구

쳤다. (A는 아주 드물게만 웃고, 미소 짓는다. 찾아 나서지 않으면 안 될 잃어버린 순간이 그에게는 없다. 절망 상태다[대부분의 경우 그렇듯]. 하지만 언제든 행복하리라는 속셈은 늘 잔존한다.)

어두컴컴한 지하, 알몸을 감싼 빛의 기이한 반영들. L. N과 그의 아내 E. 둘 다 우아한 자태. 금발의 E는 깊게 파인 분홍빛 이브닝드레스 차림으로 내게 등을 돌린 모습. 거울 속에서 나를 보며 웃고 있었다. 가식이 깃든 쾌활함…. 그녀의 남편이 우산 끝으로 허리춤까지 치맛자락을 걷어 올린다.

아주 18세기적이군, N이 서툰 프랑스어로 말한다. 거울에 비친 E의 웃는 얼굴. 짓궂은 그 표정에 술기운이 화르르 오른다.

이상하다, 똑같은 광란의 빛이 모든 사내를 위해 빛을 발한다는 것. 알몸은 공포를 자아낸다. 하긴, 알몸이 끔찍한 의미를 취하는 충격적 사건으로부터 우리의 본성이 통째로 굴러 나왔으니…. 소위 벌거벗은 상태란 이미 찢어진 정절을 의미하며, 지극히 혼탁한 부름에 떨리는 목소리로 간신히 화답함에 지나지 않는다. 어둠 속, 언뜻 보이는 은밀한 빛이 한목숨 바칠 것을 요구하지 않던가? 각자 모든 이의 위선에 분연히 맞서('인간적'이라는 행동들 깊숙이 자리한 어리석음이란!), 화염을 뚫고 자신을 타락으

로, 알몸의 어둠으로 데려다줄 통로를 되찾아야 하지 않
겠는가?

달 밝은 밤, 부상자들이 울부짖는 들판 위를 부엉이가 비행한다.

그렇게, 나는 한밤중 나 자신의 불행 위를 날아다닌다.

나는 불행한 남자, 외로운 불구자다. 나는 죽음이 두렵다. 나는 사랑을 하고, 또 제각각 다른 방식으로 고통을 겪는다. 그럼 나는 나의 고통을 방치하고는, 고통이 거짓말을 하고 있다고 말한다. 밖은 춥다. 침대 속에서 내 몸이 왜 펄펄 끓는지 모르겠다. 내게 불이 있는 것도 아닌 데다, 얼음이 어는 날씨다. 내가 만약 밖에서 알몸으로 붙잡혀, 실컷 얻어맞고, 정신을 잃어도(폭탄이 쉭쉭거리며 바람을 가르다 폭발하는 소리들이 방 안에서보다 더 잘 들릴 것이다 — 때마침 도시가 폭격당하고 있으니), 내 이빨 부딪

치는 소리가 여전히 거짓말을 늘어놓고 있을 것이다.

나는 숱한 매음굴 여자들 옷을 벗겨보았다. 술을 마셔 댔고, 만취했다. 완전 무방비 상태가 되어야만 나는 행복했다.

매음굴에서만 가능한 자유….

매음굴에서 나는 바지를 벗고, 여주인 무릎에 앉아, 울 수 있었다. 그 역시 대수로운 일은 아니었고, 보잘것없는 가능성이나마 소진해가며 거짓말하는 것에 지나지 않았다.

나는 속으로 유치하고 정직한 생각을 품고 있으며, 사실상 그만큼 겁이 많은 사람이다.

공포심과 불행한 사랑, 명석함(부엉이!)이 뒤섞인 존재….

정신병원에서 도망쳐 나온 광인처럼, 광기가 여전히 나를 가두고 있다.

나의 망상은 붕괴되었다. 나는 모른다, 내가 밤을 비웃는 건지, 밤이 나를…. 나는 외롭다. 그리고 B가 없어 나는 목 놓아 운다. 나의 울부짖음은 삶이 죽음 속으로 사라지듯 사라져버린다. 음란이 사랑을 격화시킨다.

A가 보는 앞에서 알몸을 드러낸 B, 그 끔찍한 기억.

나는 그녀를 미친 듯이 끌어안았다. 우리의 입술이 뒤섞였다.

당황한 A는 입을 다물고, 마치 성당에 들어온 것 같았지. 지금은?

나는 B의 부재를 사랑할 정도로, 그녀 안에서 나의 불안을 사랑할 정도로 B를 사랑한다.

나의 약점: 훅 달아오르는 것. 웃는 것. 좋으면 어쩔 줄 모르는 것. 그러나 추위만 닥치면 삶의 의욕이 수그러드는 것.

최악: 옹호할 수 없는 숱한 인생들―그 많은 허영과 추함, 정신적 공허. 거창한 터번 모자를 쓰고 오류의 절대적 지배권을 선언하던 이중 턱의 그 여자…. 군중이란―어리석음, 타락―총체적으로 볼 때 하나의 오류가 아닐까? 개인 속으로의 존재의 추락, 군중 속으로의 개인의 추락, 이는 암흑 속 우리에게 "차라리 낫겠다 싶은 무엇" 아니겠는가? 최악은 아마 조물주일 터. 차라리 "얼마나 사랑스러운지!"를 외치는 마담 샤를일 터. 차라리 마담 샤를과 동침한 나 자신일 터. 남은 건, 불가능을 갈망토록 선고받아, 온통 흐느껴 우는 밤. 고문, 고름, 땀, 치욕으로 얼룩진.

보잘것없는 결과를 목전에 둔 죽음의 모든 작용.

이 무기력의 미궁 속에서(도처에 도사리는 거짓), 나는 막이 오르는 순간을 망각한다(N은 드레스를 들추고, E는 거울 속에서 웃는데, 나는 온몸을 던져 입술을 취하고, 젖

가슴이 드레스 바깥으로 돌출하고…).

E의 알몸이여… B의 알몸이여, 이 몸을 불안에서 해방
시켜 주려오?
아니지…
…내게 더 많은 불안을 주시구려….

II

극단적인 헌신은 신앙에 반하고, 극단적인 악덕은 쾌락에 반한다.

광기 어린 나의 불안을 생각하다 보면, 초조함에 시달리고 있어야 할, 이 세상 모든 것이 바닥날 것처럼 가쁜 숨 몰아쉬며 경계 늦추지 못하는 사람이어야 할 필요성을 생각하다 보면, 희박해진 밤공기 속에서 추위와 배고픔에 몸서리치고자 기를 쓰는 내 시골 선조들의 공포가 떠오른다.

자신들의 서식지인 산중 습지에서 얼마나 숨 가쁘기를, 얼마나 (식량, 돈, 사람과 짐승의 질병들, 불경기 그리고 가뭄으로 인한) 두려움에 바들바들 떨기를 원했던가. 활기찬 즐거움일랑 떠도는 망령들의 처분에 맡기고.
알몸과 관련하여 그들이 물려준 불안의 유산으로 말하자면(두꺼비 같은 수태의 순간 발랑 까지는 대머리 불쏘시개여!), 그보다 더 '창피한 것'은 결단코 없다.
"아버지가 신 포두를 머으면, 지식들의 이가 시리는 법."

41

내 안에서 내 할머니들이 목메어 콜록거린다는 생각을 하면 온몸에 소름이 돋는다.

B가 감감무소식인 가운데, 나는 고주망태의 눈먼 길을 끝없이 걷는다. 그러다 보니, 나와 더불어 지구 전체가 그 길을 가는 것 같다(하염없는 기다림 속에, 소리 없이, 지 겨워하면서).

오늘 아침엔 눈이 온다. 불도 안 피운 상태로 나는 혼 자다. 답은 여기에 있으리라. 모닥불, 온기 그리고 B. 하지 만 알코올이 잔들을 채울 것이다. B는 웃으며 A의 얘기를 할 것이고, 우리는 짐승처럼 벌거벗은 몸으로 잠이 들 것 이다. 하늘의 별 먼지들이 상상 가능한 모든 목적지를 피 해 가듯이.

내게 답지하는 멋진 대답들 중에는 알몸과 B의 웃음이 있다. 하지만 의미는 거기서 거기다. 그중 어떤 것도 죽음 이 미리 낚아채지 않는 것은 없다. 가장 멋진 대답이란 가 장 투박한 대답이지 않겠나—그 자체로 환희의 약동 속 에 빈곤을 드러내는—도발적이면서, 무기력한 대답(지난 어느 밤, A 앞에서, B의 알몸이 그러했듯).

B는 신부를 마주 보며 웃고 있었다. 다리부터 가슴까 지 적나라하게 드러난 되바라진 모습은, 하필 그와 같은 순간, 고문을 당하면서도 가해자의 면전에다 혀를 날름거

리는 계집을 연상시켰다. 그것이야말로 가장 자유분방한 동작이 아닐까(한밤중 구름까지 치솟는 불꽃의 몸부림처럼)? 더없이 관능적인? 더없이 싱거운? 글을 쓰면서 나는 그 그림자만이라도 포착하려고 애쓰지만, 허사다…. 나는 불도 그림자도 없이 밤을 향해 떠난다. 내 안에서 모든 것이 빠져나간다.

오, 회한도, 불안도 없는 몰상식한 불행아! 격렬하게 이글거리는 그 불길 속에서 나는 타오르고자 하는 욕망으로 타오른다. 죽음과 육체적 고통을 놓고 — 그리고 죽음보다, 고통보다 심오한 쾌락도 함께 — 침울한 밤, 나는 잠의 경계를 어슬렁거린다.

기억의 무력함. — 작년에 나는 타바랭 극장 쇼를 보러 갔다. 미리부터, 발가벗은 아가씨들 생각에 군침이 돌았다 (이따금 컬러 스타킹 밴드와 의자에 놓인 가터벨트는 더 고약한 무엇, 즉 탐스러운 알몸뚱이를 좀 더 가차 없이 상기시키는데 — 내가 무대 위 계집들을 쳐다볼 때, 싱겁기 짝이 없는 그들의 내밀한 속을 침대에서보다 더 적극적으로 파고들지 않는 경우란 거의 없다). 나는 몇 달에 걸쳐 두문불출 상태였다. 타바랭에는, 손쉽게 입술과 성기를 탐할 수 있는 파티에 참석하는 기분으로 갔던 거다. 미리부터, 떼거리로 웃는 계집들을 떠올리며 — 발가벗은 쾌락에 몸 바칠 준비가 되어 있는 예쁜 것들 — 나는 술을 바셨고, 관능의 욕구가 내 안에서 수액처럼 솟아오르고 있었다. 나는 보러 갈 것이며, 미리부터 행복했다. 들어설 때부터 나는 취해 있었다. 안달 난 상태인 데다 맨 앞자리를 차지하려고 너무 일찍 도착했다(하지만 쇼를 기다리는 시간은 짜증스러운 만큼 그 자체로 환상적이기도 했다). 혼자 마실 몫으로 샴페인을 한 병 주문해야만 했다. 그걸 나는 순식간에 비워버렸다. 결국 만취 상태에 빠져버리고 말았다. 정신이 들자, 쇼는 이미 끝나 있었다. 홀은 텅 비고, 내 머릿속은 그 이상이었다. 아무것도 구경하지 못한 것 같았다. 처음부터 끝까지, 내 기억 속은 뻥 뚫린 구멍 하나뿐이었다.

등화관제 상태에서 밖으로 나왔다. 거리처럼 내 안도 캄캄했다.

그날 밤 나는 선조들의 기억을 떠올리지 않았다. 불안에 찌들어 얄팍해진 입술과 메마른 눈동자로 습지의 안개에 의해 진흙 속에 갇혀버린 그들의 기억을. 혹독한 삶의 조건에서 타인에 대한 저주의 권리를, 고통스럽고 쓰라린 체험에서 세상 사는 원칙을 끄집어내던 그들의 기억을.

나의 불안은 내가 자유롭다는 사실을 아는 것에서만 오지는 않는다. 나의 불안은 나를 유혹함과 동시에 겁주는 모종의 가능성을 필요로 한다. 불안이란 현기증이 그렇듯이, 합리적인 걱정과는 다른 것이다. 추락의 가능성은 사람을 움찔하게 하지만, 움찔함 자체는 눈앞의 광경에 겁먹은 사람이 뒤로 물러나기는커녕, 의지와는 무관하게 발을 앞으로 내미는 순간 배가되는 법이다. 현기증의 마력은 사실 은연중에 자리 잡은 욕망일 따름이다. 감각이 흥분하는 현상 또한 마찬가지다. 가령 예쁜 아가씨의 다리 중간부터 허리까지 신체 일부를 노출시킨다고 치자. 알몸 상태가 시사하는 가능성의 이미지는 욕망에 의해 보다 생생하게 다가온다. 그럼에도 무감각한 사람이 있고, 현기증 역시 반드시 느끼는 것은 아니다. 심연을 향한 단순 무구한 욕망이란 상상하기 힘들며, 즉각적인 죽음이야말로 그 종착역일 것이다. 반면 나는 바로 코앞의 발가벗은 여자를 사랑할 수 있다. 여자의 아랫도리가 결국에 가서는 심연의 성격을 드러낼지언정, 심연이 내 기다림에 답을 해주는 것처럼 보일 경우 나는 즉시 그 답에 이의를 제기한다. 무한정 소유할 수 있고, 늘 한결같으며, 욕망에 의해 적나라하게 까발려져, 항상 어여쁠 수 있다면, 나아가 내게 마르지 않을 기력이 허락된다면, 그건 심연이 아닐 것이다. 그러나 즉각적인 협곡의 어둠을 내비치지 않는다 해서 심연이 덜 공허하고, 덜 공포스러운 것은 결코 아니다.

이 저녁, 나는 우울하다. 진흙 속에서 입술을 오므리는 내 할머니의 즐거움, 나 자신에 대한 나의 저주받은 앙심.

지나간 밤의 쾌락으로부터(활짝 벌어진 아름다운 목욕 가운, 다리 사이의 공허, 도발적인 웃음들로부터) 오늘 내게 남은 것이 바로 그런 거다.

B가 무서워하리라는 걸 진작 알아챘어야 했다.
이젠 내가 무서워할 차례다.

쥐 이야기를 하면서, 나는 어떻게 그 전체적인 상황의 공포스러움을 가늠하지 못했을까?
(신부는 웃고 있지만 두 눈이 풀린 상태다. 나는 연이어 두 개의 이야기를 해주었다.

X[죽은 지 20년 되는 그는 『천일야화』의 풍요로움에 필적하기를 꿈꾸었던 이 시대의 유일한 작가다]는 다양한 제복을 입은 남자들[용기병(龍騎兵),* 소방관, 해병, 순경 혹은 배달부]이 들어서고 있는 어느 호텔 방에 와 있다. 침대에 누운 X를 레이스가 수놓아진 이불이 덮어 가리고 있었다. 각자 역할을 맡은 인물들이 아무 말 없이 방 안을 어슬렁거리고 있었다. X의 사랑을 받았던 젊은 승강기 승무원이 마지막으로 방에 들어섰다. 가장 멋진 복장을 한 그는 쥐가 한 마리 들어 있는 상자를 들고 있었다. 승강기 승무원은 원탁 위에 상자를 내려놓더니, 모자 핀을 쥐고서 쥐를 찌르기 시작했다. 핀이 심장을 꿰뚫는 순간, X가

* 16-7세기 이래 유럽에 있었던 기마병. 갑옷을 입고, 용 모양 개머리판이 있는 총을 들었다.

레이스 이불을 더럽혔다.

X는 생세브랭 구역에 위치한 어느 지저분한 술집 지하실에도 들어갔다.

그가 여주인에게 물었다.

"아줌마, 오늘 쥐들 좀 있나요?"

여주인은 X의 기대에 부응해 대답했다.

"그럼요. 쥐들 있습니다."

"아…."

X는 말을 이었다.

"그런데 아줌마, 그 쥐들 말입니다, 그 쥐들 잘생겼나요?"

"그럼요, 아주 잘생긴 녀석들이에요."

"정말요? 그럼 혹시 녀석들이… 큼직한가요?"

"보면 아시겠지만, 엄청나게 큰 놈들이죠."

"알다시피, 제겐 큰 쥐들이 필요하거든요…."

"아, 손님, 덩치들이 어마어마하답니다…."

그제야 X는 그를 기다리고 있는 노파에게 달려들었다.)

나는 꼭 그래야만 하는 것처럼, 급기야는 내 이야기를 한다.

A가 자리에서 일어나 B에게 말한다.

"유감스럽게도 그대는 너무 어려…."

"저도 유감이에요, 신부님."

"영계가 없어서겠지?"

(고상한 인간들의 ……… 조차 쥐만큼 엄청남.)

정확하게 공허 속으로 추락하는 것은 아니다. 추락이 비명을 부르듯이, 불꽃이 솟구치는데… 불꽃은 비명과 같아서, 붙잡을 수가 없다.

붙잡는다는, 적어도 붙잡을 것이라는 착각을 주는 데 필요한 시간적 경과가 곧 최악이다. 수중에 남은 건 여자인데, 그 여자가 우리를 따돌리든, 우리가 사랑인 심연으로의 추락을 모면하든, 둘 중 하나다. 후자의 경우 일단은 안심이지만, 모양새는 속고 사는 바보 꼴이다. 우리에게 닥칠 수 있는 최상의 상황이란 잃어버린 순간을(은밀하게, 어쩌면 행복까지도 가능한 기분으로, 다만 그러다 죽을 각오가 된 상태에서, 우리의 유일한 비명을 내지른 바로 그 순간을) 찾아 나서야 할 처지가 되는 것이다.
아이의 비명, 공포의 비명이면서 또한 날카로운 행복의 비명.

마치 우리가 무덤에 살고 있는 것처럼, 우리의 눈알을 적출해내는 쥐들…. A 자신이 쥐의 성격과 충동을 갖고 있는데 ─ 그가 어디서 튀어나와 어디로 내빼는지를 모르는 만큼 걱정스러울 따름이다.

다리 중간에서 허리까지 계집들의 신체 부위란 ─ 기

대에 왕성하게 부응할뿐더러 — 쥐의 종잡을 수 없는 통로처럼 부응한다. 우리를 매혹시키는 것은 현기증을 동반한다. 역한 냄새, 우글우글한 주름, 하수구는 사람을 혹하게 만들어 추락을 부르는 협곡의 심연과 동일한 본질을 가진다. 심연 역시 나를 끌어당긴다. 그렇지 않으면 현기증을 느낄 리 없다 — 한데, 떨어지면 죽을 것이요, 또 떨어지지 않으면 심연이 내게 무슨 소용이란 말인가? 만약 추락하고도 살아남는다면, 나는 욕망의 덧없음을 증명할 수 있으리라 — '작은 죽음'을 겪으면서 무수히 그랬듯이.

'작은 죽음'은 단번에, 즉각적으로 욕망을 소진해(없애), 우리를 협곡 가장자리에 조용히 서 있는, 심연의 마법에 무감각한 인간으로 만들어준다.

A와 B 그리고 내가 축 늘어진 채, 우리랑 전혀 상관없는 정치적 문제로 열띤 토론을 벌이는 건 얼마나 우스꽝스러운가 — 만족한 뒤의 나른한 야밤에.

나는 B의 머리를 어루만지고 있었다.

A는 B의 — 기본적인 정숙함마저 나 몰라라 하는 — 맨발을 붙잡고 있었다.

우리는 형이상학을 논했다.

우리는 대화의 전통을 재발견하고 있었다!

대화 내용을 써볼까? 오늘은 포기하련다. 짜증 난다. (B의 부재로 인해) 너무 불안하다.

대화 내용을 여기 늘어놓다 보면, 욕망을 그만 뒤쫓을 거라는 점이 나로서는 부담이다.

그건 안 될 말씀, 당장은 욕망이 우선이다.

뼈다귀를 물어뜯는 개처럼….

나의 불행한 탐구를 그만 접어야 할까?

이 점도 반드시 짚고 넘어가야겠다. 가장 긴장된 언어가 가장 변화무쌍한 언어일 리 없는 한, 삶이란 항상 언어보다 — 미쳐 날뛰는 언어일지언정 — 더 변화무쌍하다는 것(나는 B와 함께 끝없이 장난친다. 우리는 서로를 앞다퉈 비웃는다. 가급적 진실을 우선시하려는 입장임에도, 나는 더 이상 이야기할 수 없다. 나는 아이가 우는 것처럼 글을 쓴다. 아이는 자신이 눈물을 흘리는 이유를 서서히 포기하기 마련이다).

글을 쓰는 이유를 상실하게 될까?

심지어….

전쟁이나 고문을 이야기해볼까….

오늘날 전쟁과 고문은 일상 언어로 고정된 지점들에 위치하기에, 그건 — 허용된 한계 너머로 나를 이끄는 — 애초의 목표를 배반하는 결과에 이를 것이다.

마찬가지로 나는 철학적 사색이 어떻게 해서 핵심을 빗나가는지 역시 알고 있다. 그것은—사전에 정해진 또 다른 목표에 의거해 스스로를 규정하는— 제한된 목표만으로는, 요컨대 욕망의 목표에 반하여 단순한 무관심의 표출에 지나지 않는 목표만 가지고서는 기대에 결코 부응할 수 없기에 초래되는 현상이다.

사소해 보이는 너머로 나의 목표가 핵심이라는 사실, 정작 심각하게 보이는 다른 목표들은 기실 내 목표의 기대감을 높이는 수단들이라는 사실을 누가 굳이 외면하려 들겠는가? 모든 이해력이 와해되는 한계상황에서 살아갈 자유가 아닌 이상, 자유는 아무것도 아니다.

지난밤 벌거벗은 몸뚱어리는, (욕망의 과잉으로) 기진(氣盡)할 때까지 그것을 방치하기 마련인 내 사고의 유일한 접점이다.

오로지 나의 기대감이 있는 그대로의 것에 이의 제기를 할 수 있는 반면, B의 알몸은 바로 그런 기대감을 이용한다(기대감은 나를 낯익은 세계에서 이탈시킨다. 잃어버린 순간이야말로 언제까지나 낯익은 세계에 속하기 때문이다. 반면 나는 기시감을 핑계로, 그 너머의 무언가를 악착같이 추구한다. 바로 낯선 세계를).

우리가 안정된 상태에서만 제기할 수 있는 의문이라니! 전제된 지식의 총체에 안주하지 않는다면, 우리가 어떻게 안정될 수 있단 말인가? 그런 순진한 문제 제기가 철학일진대, 거기 대단한 의미가 있을 리 없다. 사고의 극점에 이르러 형이상학적 요소를 도입하는 것에서 본질은 우스꽝스럽게 까발려진다. 각종 철학이 가진 본질 말이다.

그 대화, 뒤이은 무력감을 통해서만⋯ 용인되었던.

안정되고서야 전쟁을 말할 수 있다니 얼마나 못마땅한 일인가(안정됨이란 평화를 갈구함일 터). 하여, 그 생각에 끝없이 매달리는 가운데, 나는 지금 이 책을 쓰고 있다. 무심한 장님처럼.
(평상시처럼 전쟁을 이야기하려면 근본적으로 불가능에 대한 망각이 필요하다. 철학에 대해서도 마찬가지다. 긴장을 늦추지 않고서는 문제를 직시할 수 없다. 우리가 서로 싸워 서로를 죽이는 일조차 우리로 하여금 불가능을 외면하게 만든다.)

오늘처럼, 한낱 사물의 본질이(엄청나게 운이 좋은 경우, 임종의 순간에 이르러서야 적나라하게 밝혀질 그런 본질) 어쩌다 눈에 들어올 때, 곧바로 침묵해야 함을 나는 안다. 내가 말을 하면, 돌이킬 수 없는 순간은 자꾸 뒷걸음질을 친다.

방금 V(아르데슈의 작은 도시)의 소인이 찍힌 편지를 받았다. B가 (엿새나 침묵하고 나서) 어린애 같은 글씨로 몇 자 끼적인 것이다.

조금 다쳐서 지금 왼손으로 쓰고 있어.
나쁜 꿈을 꾸었는데 너무 생생해.
안녕.
신부님한테도 안부 전해줘.

                                                        B

존속하는 것이 나와 무슨 상관인가?
이미 진 게임을 계속 물고 늘어져?
글을 쓰거나 오늘 저녁 역에 나갈 이유는 없다. 아니면 이건 어떤가. 차라리 야간열차에 몸을 싣고, 그것도 삼등 칸에서 밤을 지새는 것. 혹은 작년처럼, B의 집안 사냥터지기가 나를 눈밭에 패대기치는 거다. 그럼 누가 웃을지는 빤한 일.
당연히 나다!

내가 눈치를 챘어야 했다. B는 자기 아버지 집으로 피신한 거다….
실망이다.
그놈의 술주정뱅이 영감이 손찌검을 하는데도(그녀의 아버지, 희귀한 닐 돈 얘기만 나불거리는 늙은 꼴통 말이다), 분명히 자기 입으로 약속했으면서도, B가 나를 버리고 도망쳐, 도저히 내 손이 미치지 못할 곳으로 숨어들다니… 갈수록 기분이 나빠진다.

나는 혼자서 웃고, 또 웃었다. 나는 휘파람을 불며 일어섰다. 그러고는 곧바로 바닥에 쓰러졌다. 마치 몸에 남아 있는 얼마 안 되는 힘을 휘파람 소리 하나로 죄다 날려버린 사람처럼. 나는 양탄자에 널브러진 채 울었다.

B는 자기 자신에게서 도망치고 있다. 그렇지만….

아무도 그녀처럼 운명을 거스르지 못했다(A와 한 짓을 보라).

나는 이해가 간다. 그녀는 생각 없이 한 짓이다. 나는 또렷이 의식을 하고 있지만 말이다(얼마나 또렷이 의식하고 있는지, 그로 인해 고통스러울 정도다! 통통한 볼처럼 의식이 부풀어 있다! 그런데 B가 도망친들 어찌 내가 놀라겠는가!)

내 관자놀이가 여전히 뛰고 있다. 바깥엔 눈이 내린다. 며칠째 계속 내리는 것 같다. 열이 있다. 이 불기운이 싫다. 지난 며칠에 걸쳐 나의 고독은 정말 극심하다. 이제는 이 방조차 거짓말을 한다. 방에 불도 없고 추운 만큼,

나는 담요 속에 손을 넣고 있었다. 덜 쫓기는 기분이었고, 관자놀이도 덜 뛰었다. 반쯤 잠든 상태에서 나는 내가 죽어 있는 꿈을 꾸었다. 추운 방은 나의 관이었고, 마을의 집들은 이웃 무덤들이었다. 그 모든 것에 내가 익숙해지고 있었다. 내가 불행하다는 점에 자부심이 없지 않았다. 나는 어디론가 새어 나가는 모래 더미처럼 허물어지면서, 희망 없이 떨고 있었다.

부조리, 끝없는 무력감. 엎어지면 코 닿을 데 있는 B에게 도저히 다가갈 길 없이, 이 작은 마을 여관에 처박혀 끙끙 앓고 있다.

V의 여관 주소를 파리에서 발견하면 그녀가 내게 편지를 쓸까?

공연히 불운을 들쑤실 생각은 아마도 하지 않을 것이다.

그녀한테 쪽지라도 한 장 띄울 결심을 수차례 반복한다.

그녀가 와줄지, 아니 올 수 있을지 의심스럽다(작은 마을에 비밀이란 없는 법). 나는 끝없이 머리를 굴린다. 에드롱(주택 관리인 겸 사냥터지기)이 중간에서 쪽지를 가로채, 부친에게 전달하는 일이 있어서는 결코 안 된다. 자칫, 누군가 문을 두드릴지 모른다. 그 문을 열면, 작년처럼, B가 아닌 땅딸막한 에드롱(쥐처럼 체구도 작고 날렵한 늙은이다)이 느닷없이 달려들어, 작년에 그랬던 것처럼, 지팡이로 나를 흠씬 두들겨 팰지 모르는 일이다. 정작 한심한 건, 오늘에 와서 그런 일에 눈 하나 깜빡하지 않는 나이지만, 속수무책인 건 여전하다는 사실이다. 침대에 누운 나는 아무런 힘도 없다.

오, 초라하기 짝이 없는 돈 후안이여, 스산한 여관방에서 기사의 석상이 보낸 문지기한테 된통 얻어맞는 자여!

작년이었다. 눈 내리는 교차로에서 나는 B를 기다리고 있었다. 난데없이 그가 달려들었는데, 나는 그가 나를 공격하려는 것도 모르고 있었고, 머리에 한 방 세게 맞고서야 알아챘다. 나는 잠시 기절했다가, 노인네가 발길질을 해대는 바람에 다시 정신이 들었다. 그는 얼굴을 가격하고 있었다. 나는 피투성이였다. 그쯤에서 발길질을 멈춘 그는 달려들었을 때와 마찬가지로 부리나케 뛰어 달아났다.

손을 짚고 몸을 일으키자 주르륵 흐르는 피가 보였다. 코에서, 입에서, 눈 위로 피가 떨어졌다. 나는 일어나 해를 보고 오줌을 누었다. 통증이 느껴졌고, 상처로 인해 거동이 불편했다. 속이 울렁거리는 데다가 B에게 접근할 방도도 마땅치 않게 된 나는, 그 후로 줄곧 더 깊숙이 가라앉으며 갈수록 혼미한 상태로 빠져드는 이 밤에 처박혀버리고 만 것이다.

나는 생각에 골몰하면 (어느 정도는) 차분해진다. 사실 땅딸보 에드롱은 문제가 아니었다. B에게 다가갈 방도를 나 자신 단 한 번도 가져본 적이 없었다. B는 수단 방법을 가리지 않고 나를 따돌리면서, 에드롱처럼 대뜸 나타났다가 그와 똑같이 홀쩍 사라진다. 내가 원한 장소는 호텔, 그 출구 없는 구조, 텅 빈 공허의 방이었다. 내가 (어쩌면?) 죽을 것인지는 알 수 없다. 다만 내가 V에 머무는 것보다 더 나은 죽음의 희극을 이제는 상상할 수가 없다.

이가 달그락거리고 신열에 부들부들 떨면서, 나는 웃는다. 기사의 석상이 내민 얼음장 같은 손을 내 뜨거운 손으로 잡으며, 문득 그가 내 손 안에서 종잇장처럼 납작하게 우그러든 공증인 사무소의 대머리 서기로 변한 상상을 하는 거다. 하지만 웃음이 다시 목구멍 속으로 기어든다. 그는 술을 퍼마시며 딸을 폭행하고 있다. 몇 주 동안을 속수무책 얻어맞으면서, 악착같이 대드느라 기를 쓰는 B를! 그녀의 어머니는 앓고 있다… 그가 하녀들 보는 데서 그녀를 창녀 취급한다! 그가 딸을 때리고 죽이려드는데, 나는 미쳐가고만 있다.

"사실, 희극의 주인공은 B 따윈 안중에 없었다. 정확히 말해 그녀를 사랑한다고 할 수도 없었다. 그에게 소위 사랑이라는 것은 거기서 끄집어낼 불안의 의미밖에 없었다. 그가 사랑한 것은 밤이었다. 그가 다른 여자들보다 B를 좋아한 건, 그녀가 그를 따돌리고, 도망치는가 하면, 장기간 피하는 내내 죽음의 위협에 시달렸기 때문이다. 사랑에 빠진 남자가 일생의 여인을 사랑하듯, 진정으로 그는 밤을 사랑했다."

천만의 말씀. B 자신이 밤이다. 밤을 열망한다. 언젠가 나는 이 세상을 버릴 것이다. 그때 비로소 밤은 밤이 되고, 나는 죽을 것이다. 하지만 살아 있는 지금, 내가 사랑하는 것은 밤을 향한 삶의 사랑이다. 내 삶이, 그나마 필요한 힘이 남아 있어, 자신을 밤으로 이끌어갈 대상에 기대를 품는다는 것은 좋은 일이다. 우리는 행복을 찾아 괜한 고생을 한다. 밤 자체가 자신을 사랑할 힘을 우리에게 요구하고 있다. 우리가 계속 살아남을 경우, 밤을 사랑하는 데 필요한 힘을 반드시 확보해야 한다.

나는 파리를 떠나면서, 내 뒤로 다리들을 모두 끊어버렸다. V에서의 내 생활은 처음부터 악몽과 다르지 않았다. 남은 거라곤 부조리뿐. 감당키 어려운 상황 속에서 시름시름 앓는 것은 나의 운이었다.

파리에서 편지가 한 통 왔나 보다. 어찌나 슬픈지, 나는 이따금 큰 소리로 신음하기 시작한다.

첫 번째 짧은 글처럼, 왼손으로 쓴 편지인데 조금은 덜 흘려 썼다.

"…아빠가 내 머리채를 잡고 이 방 저 방 끌고 다녔어. 나는 비명을 질러댔지. 정말 끔찍하게 아팠거든. 하마터면 엄마가 손으로 내 입을 틀어막을 뻔했다니까. 그는 나와 엄마를 둘 다 죽여버릴 거라고 했어. 그런 다음, 당신을 죽일 거라고 했지. 실실 빈정대며 한다는 소리가, 그래야 당신이 덜 불행해하지 않겠냐는 거야! 그는 내 손가락을 하나 붙잡고는 악마처럼 심술궂게 뒤로 꺾었어. 그 바람에 뼈가 부러졌지. 그처럼 격렬한 고통은 상상도 못할 지경이더라구. 무슨 일이 벌어진 건지 아직도 감이 안 와. 비명을 질러댔는데, 열린 창밖으로 마침 까마귀 떼가 날아갔고, 걔네 우는 소리가 내 비명 소리와 뒤섞였어. 아마 내가 미쳐가는가 봐.

그는 당신을 경계하고 있어. 식사 시간이면 숙박업소들을 훑으면서 식당마다 뒤지고 다녀. 완전히 미쳤어. 의사는 아예 집에 가두고 치료하길 원하는데, 우리와 마찬가지로 정신 나간 의사 마누라가 말도 꺼내지 못하게 한대…. 아침부터 저녁까지 그의 머릿속엔 당신밖에 없어. 그는 당신을 세상 무엇보다 증오해. 그가 당신 얘기를 할 때면, 그 개구리 같은 머리통에서 작고 새빨간 혀가 튀어나오곤 한다니까.

왜 그런지는 모르지만, 하루 종일 그는 당신을 '나리' 혹은 '악어'라고 불러. 그는 당신이 재산과 성(城)을 원하기 때문에 결국 나랑 결혼할 거래. 그럼 우린 '결혼식 겸 장례식'을 치르게 될 거라나!"

이 방에서 미쳐가는 건, 분명, 나 자신이다.

눈발 속에 외투를 껴입은 몸으로 부들부들 떨면서도 내 발로 그놈의 성에 가봐야겠다. 쇠창살 문 너머 에드롱 영감이 모습을 드러낼 것이다. 그놈의 얄밉고 거친 입과 맞닥뜨리겠지. 거기서 튀어나올 욕설은 개 짖는 소리에 묻혀 들리지도 않을 터!

나는 침대에 바짝 웅크리고 있었다. 울고 있었다.

악어의 눈물!

B··· 그녀는 울지 않는다. 한 번도 운 적이 없다.

나는 그녀가 성의 수많은 복도 중 한 구간을 공기처럼 쏘다니며 문짝들을 차례대로 여닫는 가운데, 이 악어의 눈물을 비웃느라 깔깔거리는 모습을 상상해본다.

아직도 눈이 내린다.

여관 건물 안에 사람 발소리가 울릴 때마다 내 심장은 한층 격렬하게 뛴다. 우체국 사서함에서 내 편지들을 확인하면 B가 이리로 와줄까?

누군가 노크했다. 나는 그녀가 왔음을, 그녀와 나를 가로막는 저 벽이 활짝 열리리라는 것을 의심하지 않았다···. 그 못 믿을 희열을 미리 상상한 거다. 숱한 밤과 낮이 지난 후 그녀와 재회하는 것. 입가에 가벼운 미소를 띤 채 묘하게 빈정대는 눈으로, A 신부가 문을 열었다.

그는 이렇게 말했다.

"B한테서 소식 들었습니다. 결국엔 저더러 와달라고 하더군요. 당신이 아무것도 할 수가 없을 거라면서요. 그래도 제가 신분상…."

나는 그에게 즉시 성으로 가보라고 애원했다.

일주일 동안 깎지 않은 수염 속 앙상한 내 몰골을 보더니 그가 말했다.

"대체 어떻게 된 겁니까? 당신 근황은 제가 전하겠습니다."

"몸이 좀 아파요. 그녀에겐 알릴 방도가 없었습니다. 당신이 들은 소식보다 제가 아는 얘기가 더 오래됐을 거예요."

나는 내 상태를 설명하고는 이렇게 덧붙였다.

"어디서 읽었는지는 모르지만 이런 글이 있더군요, '그 사제복은 분명 불길한 전조다…'. 최악의 상황까지 각오하고 있습니다."

"안심하세요. 제가 여관에 말해 두었습니다. 좋지 않은 일일수록 작은 마을에선 빨리 알려지지요."

"성은 여기서 멉니까?"

"3킬로미터 거리입니다. 몇 시간 전만 해도 B가 살아 있었다는 건 분명합니다. 그 이상은 모르고요. 제가 불 좀 피워드려야겠군요. 방이 꼭 빙산에 들어온 것 같네요."

그녀가 우체국 사서함을 들여다보지 않으리라는 걸 나는 익히 알고 있었다.

그럼 이젠 어쩐다?

나의 메신저가 날리는 눈발 속으로 휑하니 달려간다. 그는 방에 갇힌 B의 비명 소리와 뒤섞인 까마귀 우는 소리의 그 까마귀들과 닮았다.

눈발 위를 비행하는 그 까마귀 떼는 B가 비명을 지르고 있는 방으로 예수회 신부를 데려가고 있을 것이다. 그와 동시에 나는 B의 알몸(젖가슴, 엉덩이, 털)과 고문하는 자의 두꺼비 같은 면상, 그 새빨간 혀를 떠올리고 있다. 그리고 지금은 까마귀와 사제를.

사물의 내밀함이 느껴지자, 서서히 구역질이 올라온다.

A가 쥐처럼 내달리고 있다!

두서없는 나의 태도, 허공을 향한 창문, "될 대로 되라지!"만 짜증 나게 되풀이하는 나 자신. 마치 불길한 사태를 목전에 둔 채, 시간의 집요한 추궁 속에 옴짝달싹 못하는 사람처럼….

마치 그녀 부친의 성채에서의 만남(딸인 내 정부와 그 애인인 예수회 신부의 만남)이 도저히 가늠할 수 없는 과잉 상태로 내 고통을 몰아가는 것처럼….

··
······················· 내 안에 어떤 서광이 고개를
드는 걸까? 상상할 수 없는 어떤 빛이? 눈과 저 사제복,
저 까마귀 떼를 비추는가…

　…이 지독한 추위, 고통 그리고 음란! 그럼에도 더없이
섬세한 임무에 최적화된 저 엄정한 시계 장치(신부)는 이
를 딱딱 마주치며 가야 할 길을 가고…!

　…나는 내 머릿속에서 — 구름 속에서 — 가상의 맷돌
처럼 — 눈부신 — 무엇이 돌아가고 있는지 모른다. 혹독
하게 차가운, 그 무한한 공허에서 날선 무기 같은 것이 솟
아나는데…

64

…오, 나의 질병이여, 살인에 필적할 수준의, 얼음장 같은 열광이여…

…이제 나는 한계가 없다. 내 안의 공허 속에서 삐걱거리는 이것은 죽는 것 말고는 출구가 없는 끔찍한 고통이다…

…B의 고통에 찬 비명 소리와 이 땅, 저 하늘 그리고 추위는 사랑 행위 중인 아랫도리들처럼 발가벗었다…

....
....
....
....

………… 문 앞에서 이를 딱딱 마주치던 A, 다짜고짜 B에게 달려들어 발가벗긴다. 추위도 아랑곳하지 않고 옷가지를 하나둘 잡아챈다. 바로 그때, 아버지가(두말할 것 없이 B의 아버지) 나타나고, 교활한 땅딸보, 어벙하게 웃으며 이렇게 속삭인다. "내 그럴 줄 알았지, 한 편의 희극이라니까!"..

… 아버지인 땅딸보는 조롱하는 표정으로 문간의 두 미치광이를 (눈 위에 널브러진 그들, ─신부의 제의와 무엇보다 죽음의 땀방울을 생각한다면 ─차라리 내겐 그 옆 똥무더기가 깨끗하게 보였을 터) 슬그머니 타고 넘는다. 그는 양손을 동그랗게 입에 모으고 (눈농자가 심술기로 번들번

65

들) 낮은 목소리로 외친다. "에드롱!"·····························

·· 대머리에 수북한 콧수염, 도둑처럼 엉큼한 거동, 위선에 찌든, 유들유들한 웃음. 그가 낮은 목소리로 부른다. "에드롱! 엽총 가져와!"

····························

···················잠자는 눈[雪]의 침묵 속에, 총성 한 발이 울렸다·····················

····························

····························

나는 다소 힘들게 눈을 뜨면서도 기분이 좋다.

죽음의 초라한 단순성을 피해가는 존재의 삐딱한 측면들은 대개 초연하고 명징한 정신에만 스스로를 드러낸다. 초연함 속의 유쾌한 악의만이 비장함조차 소박해지는 저 아득한 한계상황에 도달할 수 있는 것이다. 비장하긴 해도, 무겁지는 않다고나 할까. 따지고 보면, 그 황당한 영역에 우리가 잔뜩 움츠러든 상태로 접근한다는 건 어리석기 짝이 없는 일이다.

A가, 하필 그런… 인간이, 꿈꾸는 나의 행보를 이끌었다니 이상한 일이다.

B가 죽었다는 생각 앞에서도 나 자신 무심해지는 이 정지된 순간, 내가 만약 내 방식대로 그녀를 사랑하지 않았다면 지금 처한 이 상황을 이해할 수 없었을 거라는 데엔 의심의 여지가 없다.

이유야 어떻든 A는, 사색의 빈곤 탓에 (부와 가난의 개념을 사색에 적용할 경우, '빈곤'이라는 단어는 어렵지 않게 떠오른다!) 삶에 부과되는 여러 문제점들을 내가 선명하게 짚어볼 수 있도록 지난 1년간 많은 도움을 준 것이다. A의 텅 빈 명징함, 명징하지 않은 것에 대한 그의 경멸은 초라한 오두막의 텅 빈 창틀 너머 들이치는 바람처럼 나를 침범했다(솔직히 인정하건대, 정작 A는 이런 비유가 경멸하는 자의 자신감을 제대로 표현하지 못한다며 마음에 들어 하지 않을 것이다).

A의 공허함, 그것은 욕망이 없는 상태다(더 이상 아무 것도 기대하지 않는 것). 명징함은 욕망을 배제한다(혹은 죽이는 건지도, 모르겠다). 존속하는 것, 그는 그것을 지배한다. 반면 나는….

솔직히 나에 관해 무슨 말을 하겠나? 극점으로 치달은 이 고된 시간, 스스로 격화되어온 욕망이 마지막 순간, 밤이 빛을 눈부시게 하여 인간의 눈엔 거의 보이지 않을 무언가가 가장 찬란한 빛 속에 드러나는 바로 이 순간으로 치달았다는 생각이 들 뿐!

이젠 지쳤다! 모든 게 간명하게 주어지는 것을, 나는 어쩌자고 이런 모호한 문장들로 옮겨 적었을까? 밤은 빛과 똑같은 것…, 아니다. 진실은, 현재 나 같은 상태에 관해, 한마디로 '끝장났다' 말고는 아무 말도 할 수 없다는 사실이다.

괴이한 일이다. 개개의 요소들이 우스꽝스러운 빛 속에서 건재하다니. 나는 여전히 그것들을 구별해낼 수 있고, 그것들을 우스꽝스럽게 바라볼 수도 있다. 근데 정확히 말하자면, 우스꽝스러움이란 워낙 의미가 광범위해 우리는 그게 무언지 말할 수 없다.

도저히 합치될 수 없는 무언가가 전적인 합치에 도달한다. 이 새로운 빛을 쏘이자, 갈등은 그 어느 때보다 거세진다. B에 대한 사랑이 나로 하여금 그녀의 죽음과 고통을 비웃게 만들고(나는 다른 누구의 죽음 앞에서는 웃지 않는다) 내 사랑의 순수함이 그녀를 깡그리 발가벗겨 놓는다.

방금 전까지 A 신부가 추워 죽을 지경이라는 생각이 내게 힘을 주었다. 그는 여간해선 잘 흔들리지 않는 사람이다. 유감이다.

정말이지 내가 원했는지가 의심스럽다… 나는 괴로웠다. 예리한 명징성이 두드러진 지금의 내 상태는 격화된 불안의 결과다. 잠시 후 그 불안 증세가 다시 시작될 거라는 걸 나는 안다.

A의 명징함은 욕망의 부재에 기인한다. 나의 그것은 과잉의 결과—그것은 또한 진정으로 유일한 명징함임에 틀림없다. 만약 망상의 부정에 불과한 명징함이라면, 그것은 완벽하게 명징하지 못한 것이고, 단지 끝까지 가보는 것에 대한 두려움이며—이는 결국 지겨움, 즉 과도한 욕망의 대상에 대한 경멸에 자리를 물려준다. 우리는 사고를 정리하여 스스로에게 말한다. 바로 그 욕망의 대상 안에 욕망이 부여하는 가치가 내재하는 것은 아니라고. 우리는, 우리가 도달한 명징함이 여전히 눈먼 상태임을 보지 못한다. 우리는 대상의 거짓과 진실을 동시에 간파해야만 한다. 우리가 착각을 하고 있으며, [가능과 불가능의 총체인]* 대상이란 무엇보다 욕망 없는 존재가 식별하는 것이자, 욕망이 자기 안에서 식별하는 것이기도 하다는 점을 우리는 깨달아야 한다. B 역시 극단의 망상만이 다다를 수 있는 존재이며, 나의 명징함은 내 망상이 조금만 덜했어도 가능하지 않았을 것이다. B의 하찮은 다른 측면들을 알아차리지 못하는 나의 명징함이란 있을 수 없는 것처럼.

* 괄호 안은 옮긴이 주.

70

날이 저문다. 불이 죽는다. 추위로 인해 손을 집어넣어야 하기에, 나는 이제 곧 글쓰기를 멈추어야겠다. 걷힌 커튼 사이, 유리창을 통해 나는 눈의 적막함을 가늠해본다. 낮은 하늘 아래 그 무한한 적막은, 죽음 속에 널브러진 몸뚱어리들의 파지할 수 없는 현존처럼, 나를 짓누르고 질겁하게 한다.

죽음의 저 입 막은 침묵을 나는 지금 어마어마하게 온유하면서 그만큼 자유로운, 완전히 넋 나간 무방비 상태의 열광인 양, 홀로 머릿속에 그려본다. 언젠가 내 앞에서 죽어가던 M, 눈의 적막함처럼 비스듬히 아름다운 자세로 누운 그녀, 그 적막과도 같이 다소곳하면서, 또한 그처럼, 그 차가움처럼, 엄정한 광기에 함몰한 모습을 내려다보며, 나는 그때 이미 저 광막한 온유가 극단으로 치달은 불행에 불과함을 깨달아 알고 있었다.

…방탕 자체가 죽음의 자유일진대, 방탕의 기억 속에서 죽음의 침묵은 얼마나 위대한가! 방탕 속에서 사랑은 얼마나 위대한가! 사랑 속에서 방탕은 얼마나 위대한가!

…만약 내가 지금 — 육체적, 정신적 거부감은 물론, 무기력 상태와도 한참 거리가 먼 지금 이 순간 — 눈 속을 돌아다니는 쥐 한 마리의 분홍색 꼬리를 머릿속에 떠올린다면, 그것은 내가 '존재하는 것'의 내밀성에 동참하는 것

과 같다. 문득 가벼운 통증이 심장을 틀어쥔다. 나는 분명 죽은 M의 내밀성을 파악하고 있다. 그녀가 쥐의 꼬리와 같았음을, 쥐의 꼬리처럼 아름다운 존재였음을! 사물의 내밀성이 죽음임을 이미 나는 알고 있었다.

　…그리고 당연한 얘기지만, 발가벗은 상태는 죽음이다—그것이 아름다운 만큼 더더욱 '죽음'이다!

광막한 온유의 짧은 시간이 지나자, 고뇌가 천천히 돌아왔다….

늦는다. A는 돌아오지 않는다. 적어도 여관에 전화를 걸어, 알려야 했다.

미친 녀석이 고의로 손가락을 부러뜨렸나 싶기도 하고….

지체된 시간, 이 적막함, 나의 기다림이 두려움에 문을 열어준다. 몇 시간 전부터 밤이다. 평소는 물론 불안이 극심한 상황에서도 건재하던 나의 침착함이 급기야 나를 버린다. 언젠가 들은 한 여직원(나와는 그렇고 그런 사이였다)의 말이 쑥쑥한 두발처럼 기억을 비집고 늘어온다. 자

73

기 사장이 1914년 7월에 미망인용 베일을 수천 장 비축해 둔 상태라며 자랑스레 떠벌렸다나.

오지 않을 것에 대한 끔찍한 기다림. 이미 돌이킬 수 없는 과부가 되어버렸지만, 아무것도 알 수 없는 상황에서, 여전히 기대를 품고 살아야 하는 미망인의 기다림. 매 순간 다급해지는 심장박동이 내게 희망은 정신 나간 짓이라고 말해준다(돌아오지 못할 경우 전화해주기로 A와 약조한 상태다).

B의 죽음에 내가 무심한 것은, 그 무심함이 나를 전율케 하는 것만 아니라면 더 이상 문제될 게 없다.

온갖 추측들로 넋이 나갈 지경이지만, 자명성은 짙어만 가고 있다.

[비망록 2]

전화기가 고장 났기를 바라는 마음. 나는 일어나 외투를 걸치고, 계단을 내려갔다. 복도 끝,— 결국에는— 인간의 한계를 넘어, 발길을 돌린다는 건 있을 수 없는 소진 상태로 접어든 느낌. 글자 그대로 나는 바들바들 떨었다. 내가 떨었다는 사실을 기억하는 지금, 나는 내 인생 전체가 나의 비열함 말고는 의미가 없는 것처럼, 이 세상에서의 그 떨림으로 나 자신이 환원되었음을 느낀다.

임상적인 빛(더는 실재하지 않는)과 결정적인 어둠(죽음)을 제대로 분간하지 못한 채, 역전 여관의 얼음장 같은 복도를 금방이라도 울 것처럼 헤매는, 이 세상에서의 그 떨림으로 환원되고 만 까칠한 수염의 비열함.

전화벨 소리가 어찌나 오래 울리는지 나는 성 전체가

이미 죽음에 푹 빠져 있는 걸로 생각했다. 마침내 여자 목소리가 받았다. 나는 A를 바꿔달라고 했다.

"여기 없는데요."

"네?"

내가 소리쳤다. 나는 분명히 알아들을 수 있도록 다그쳤다.

"어쩌면 그분이 다른 방에 계실지 모르겠습니다."

내가 붙들고 늘어지자, 목소리가 답했다.

"건물 안 다른 곳은 몰라도, 서재엔 안 계십니다."

여자는 아주 멍청하지도 않고, 똑 부러지지도 못한, 갑작스러운 톤으로 말을 이었다.

"성에 이런저런 일들이 좀 있었어요."

나는 애원하듯 말했다.

"부탁 좀 하겠습니다, 그 사람 틀림없이 거기 있을 거예요. 아직 살아 있다면 말이지만, 전화 왔다고 좀 전해주시겠습니까?"

웃음소리가 쿡쿡 새어 나오더니, 예의 정중한 음성이 대답했다.

"네, 선생님, 제가 가볼게요."

수화기 내려놓는 소리에 이어 멀어지는 발소리까지 들렸다. 문이 닫혔고, 그 뒤론 아무 소리도 들리지 않았다.

짜증이 극에 달할 즈음, 사람 부르는 소리와 함께 접시 깨지는 듯한 소리가 들리는 것 같았다. 참기 힘든 기다림이 이어졌다. 얼마나 시간이 흘렀을까, 마침내 전화가 끊겼음을 더는 의심할 수 없었다. 나는 다시 수화기를 들고 전화번호를 댔다. 하지만 돌아오는 답변은 "통화 중"이라는 거였다. 여섯 번째 시도를 하자 교환수가 이렇게 말했다.

"이제 그만하시죠. 사람이 없는 모양이네요."

"그게 무슨 소립니까?"

내가 버럭 소리쳤다.

"수화기는 내려져 있는데, 아무도 말을 안 합니다. 여기선 어쩔 수 없어요. 아마 전화하다가 잊어먹고 어디로 간 모양입니다."

계속 고집부려봤자 소용없는 일.

나는 전화 부스 안에서 몸을 일으키며 신음처럼 내뱉었다.

"밤새 기다렸는데…."

희망의 그림자조차 더는 보이지 않았지만, 어떤 대가를 치르고서도 알아내야겠다는 생각이 나를 지배하고 있었다.

방에 돌아오자마자, 나는 의자에 웅크리고 앉아 얼어붙은 듯 꼼짝 않고 있었다.

한참 만에 자리에서 일어섰다. 얼마나 기운이 없는지, 옷을 입는 것조차 엄청 힘들었다. 눈물이 났다.

계단에서 걸음을 멈추고, 벽에 기대야만 했다.

눈이 내리고 있었다. 바로 맞은편에 역사 건물과 공장 가스관이 보였다. 살을 에는 추위 속에, 가쁜 숨을 몰아쉬며 사람 발자국 하나 없는 눈 속을 걸었다. 눈을 밟는 내 걸음과 오한(열에 들떠 이가 덜덜거리고 있었다)이 무기력하기 짝이 없었다.

나는 웅크린 자세로 "…으… 으… 으…" 떠는 소리를 내고 있었다. 그건 자연의 이치였다. 이대로 계속 내 갈 길을 가, 눈 속에 길을 잃는다? 이 계획에는 단 하나의 의미밖에 없었다. 내가 결단코 거부했던 것이 곧 기다림이라는 사실. 이건 나의 선택이었다. 그나마 운이 따라주었기에, 이날 기다림을 면하게 해줄 단 하나의 방법이 존재했던 거다.

'역시', 속으로 중얼거린다(내가 완전히 지친 건지는 모르겠다. 난관이 겹치다 보면 결국엔 마음이 가벼워지곤 했으니). '내게 남은 유일한 할 일이 내 여력을 넘어서는군.'

나는 생각하고 있었다.
'내 여력을 넘어서는 데다, 도무지 성공 가능성이 없다는 — 관리인과 개들을 생각해보잔 말이야… — 바로 그 이유 때문에, 나는 그 일을 포기할 수가 없지.'

바람에 날리는 눈발이 내 얼굴을 때리고, 눈을 가렸다.

이 밤, 세상의 종말과도 같은 적막함을 향해 나의 저주가 치솟았다.

그 고독 속에서 나는 미친 사람처럼 신음을 토했다.

"나의 불행이 너무나도 커!"

내 목소리가 불안정하게 외치고 있었다.

저벅거리는 내 신발 소리가 들렸다. 마치, 아니 분명히, 되돌아가는 일은 있을 수 없다는 듯, 걸을 때마다 눈이 내 발자국을 지우고 있었다.

나는 밤을 향해 나아가고 있었다. 내 뒤로 다리들이 끊어졌다는 생각이 나를 안정시켜 주었다. 그 생각은 내 정신 상태를 엄혹한 추위에 어울리게끔 만들어가고 있었다! 한 남자가 카페에서 나와 눈 속으로 사라져갔다. 안이 불빛으로 환해 보이기에 나는 출입구 쪽으로 다가가 문을 열었다.

나는 모자에 묻은 눈을 떨어냈다.

난로에 가까이 다가갔다. 순간, 난로의 온기를 내가 얼마나 좋아하는지 깨달아봤자 좋을 게 없다는 생각이 들었다.

소리 없는 웃음을 속으로 웃으며 나는 생각했다. '이러니 내가 돌아가지도, 떠나지도 못하는 거야!'

철도 노동자 세 명이 핀볼 게임을 하고 있었다.

나는 그로그*를 한 잔 주문했다. 여주인은 독주를 작은

* 럼과 물을 반씩 섞은 술.

잔에 따른 다음, 큰 잔에 옮겼다. 나는 그걸 꽤 많은 양 요구했다. 여주인이 웃기 시작했다. 이번에는 설탕이 필요했는데, 그걸 얻어내느라 나는 어설프기 짝이 없는 우스갯소리를 내뱉었다. 여주인은 대차게 웃음을 터뜨렸고, 뜨거운 물에 설탕을 타주었다.

나는 전락한 기분이 들었다. 우스갯소리가 아무것도 기대할 것이 없는 이 사람들과 나를 한패로 만들었다. 나는 뜨끈뜨끈한 그로그를 마셨다. 내 외투 속에는 감기약이 몇 알 들어 있었다. 거기 카페인 성분이 포함되어 있음을 떠올린 나는 냉큼 여러 알을 삼켰다.

기분이 비현실적이고, 경쾌했다.
색색의 옷을 입은 축구 선수들이 떼 지어 경기를 벌이는 분위기라고나 할까.
알코올과 카페인이 나를 흥분시켰다. 나는 살아 있었다.

나는 여주인에게 …의 주소를 물어보았다.
나는 값을 치르고 카페를 나왔다.
밖으로 나서자마자 곧장 성으로 향했다.
눈은 그쳤지만 공기는 여전히 얼음장 같았다. 나는 맞바람을 맞으며 걸었다.

이제 나는 선조들이 밟지 못한 행보를 내딛고 있었다.

그들은 밤, 세상의 혹독함, 추위, 결빙, 진흙 등등이 치열한 성향을 다독여주는 습지 환경의 거주민이었다. 하여, 지독한 고통에 맞서 드세고 탐욕스럽게 살아갈 수 있었다. 그런 그들의 엄격함 못지않게 나의 격렬한 소원과 기대 역시 밤의 본질과 연관된 것이었다. 다만 나는 순순히 인종(忍從)하지 않았을 뿐. 나의 위선은 그런 우스꽝스러운 조건을 신이 바란 시련으로 둔갑시키지 않았다. 나는 끊임없이 의문을 제기하는 내 광기의 끝을 향해 나아가고 있었다. 이 세상이야말로 내가 **사랑하는 것**을 나에게 준 — 그리고 앗아간 — 당사자이므로.

내 앞에 펼쳐진 저 광막함 속으로 떠나면서 얼마나 괴로웠던가. 눈은 더 이상 내리지 않고, 바람에 날리기만 했다. 눈 덮인 이곳저곳에서 무릎까지 발이 빠졌다. 나는 끝없는 비탈을 거슬러 올라가야 했다. 언 바람이 격정과 긴장으로 대기를 온통 부풀려놓는 바람에 관자놀이가 파열하고, 귀가 피를 토해낼 것 같았다. 딱히 활로를 상상할 수 없는 상황 — 에드롱이 부리는 개들… 죽음이 도사린… 성채에 이르는 길 말고는…. 그런 가운데 나는 망상의 힘 하나로 걷고 또 걸었다.

틀림없이 괴로운 건 맞는데, 어떤 의미에선 그 과도한 괴로움이 의도된 것임을 나는 모르지 않았다. 고문당하는 수인이라든가, 배고픔에 시달리는 유형수, 소금 뿌린 손가락 상처에서 느껴지는 — 속수무책으로 당하는 — 그런 괴로움과는 아무 상관이 없었다. 극심한 추위 속에 나는 미쳐 있었다. 내 안에 잠든 광기 어린 에너지가 금방이라도 폭발할 것처럼 긴장감 감도는 그때, 아무래도 나는 웃었던 것 같다. 나직이, 침울한 입술 깨물며 — 그래, 어쩌면 울부짖어 가면서, 나는 B를 비웃었던 모양이다. 하긴 B의 한계를 나보다 더 잘 아는 이가 있을까?

그러나 — 누가 이 말을 믿겠나! — 고지식하게도 내가 의도했던 괴로움, B의 한계들은 그동안 나의 아픔을 격화시킬 뿐이었다. 우직한 가운데 내가 경험한 전율들, 그것은 상상 가능한 공간 너머로 확장되는 이 적막함에 나를 활짝 개방해버리는 것이었다.

나는 조용한 사색의 세계로부터 멀리, 한참 멀리 떨어져 나왔다. 나의 불행에는 까뒤집은 손톱 같은 공허의 찌릿한 감미로움이 있었다.

나는 탈진의 극에 다다랐다. 기력이 나를 버렸다. 전쟁 같은 추위 속엔 미쳐가는 긴장감과 불가능을 넘나드는 혹독함이 도사리고 있었다. 돌아가기에는 너무 먼가? 쓰러지기까지 오래 걸릴까? 그럼 나는 축 늘어져 있을 것이고, 바람이 불러일으키는 눈이 내 몸을 뒤덮을 것이었다. 일단 쓰러지기만 하면 나는 곧 죽어버릴 터였다. 그 전까지 성에 도착하지 못한다면…. (아직은 내가 저들을, 성에 있는 사람들을 비웃고 있었다. 결국엔 저들이 나를 자기들

멋대로 처리할 테지만…). 안간힘을 다해야만 겨우 눈에서 발을 뗄 수 있을 정도로 터무니없이 약해진 나는, 거품을 물고 악착같이 발버둥을 치면서도 결국엔 어둠 속 비참한 최후를 맞닥뜨리는 짐승처럼, 갈수록 느리게, 느리게 나아가고 있었다.

이제 내가 원하는 것은—이를테면, 꽁꽁 언 내 손가락들로 시체를 만지작거리면서(이미 차가워질 대로 차가워진 내 손, 어쩌면 그녀의 손을 보다 손쉽게 맞잡을 수 있을지도)—입술 갈라져 터지게 만드는 이 추위가 혹시 죽음의 광란 그 자체는 아닐지를 파악하는 것뿐이었다. 그걸 희구하는 것, 그러기를 바라는 것이 이 고통스러운 순간들에 변화를 가져다주고 있었다. 언젠가 딱 한 번, 어느 죽은 여인의 방에서 느꼈던 기상천외한, 영원하면서 분명 실재하는 무언가가 지금 내 주변, 이 대기 속에 다시 느껴졌다. 뭐랄까, 그건 정지 상태의 투신(投身) 같은 것.

죽은 여인의 방에는 돌 같은 침묵이 놓여 있었다. 그것은 끝없이 이어지는 오열로 갈라져 터지는 세상 전체가 바로 그 갈라져 터진 틈새로 무한한 공포를 드러내 보여주듯, 오열의 경계를 한없이 넓혀가고 있었다. 그와 같은 침묵은 고통을 능가하는 법. 그것은 고통이라는 질문에 대한 응답이 아니다. 침묵은 분명 아무것도 아니다. 심지어 그것은 가능한 응답들을 덮어 버리거니와, 가능성 자체를 휴식의 전면적 부재 상태 속에 유보한다.

공포란 얼마나 감미로운가!

사실상 괴로움이 희박하든지, 고통이 피상적이라든지, 현실성이 부족하다든지, 끔찍한 현실이 한낱 꿈에 불과하기란 상상조차 할 수 없는 일. 그럼에도 나는 죽음조차 숨을 쉬고 있음을 실감하고 있었던 셈이다.

사랑하는 이의 죽음이 우리 삶에 공포(공허)를 끌어들여, 그것을 우리가 견딜 수 없을 지경이 되지 않는다면, 살아 있다는 사실에 대해 과연 우리가 무얼 깨달을 수 있을까. 그제야 우리는 열쇠가 어떤 문을 여는지 깨닫게 되는 것을.

세상이 이렇게도 변하다니! 달빛의 후광이 감싸 안은 세상은 얼마나 아름다웠던가! 죽음의 품에 안겨서도 M은 그 감미로움 속에 신성함을 발산하여 내 목을 메게 했다. 죽기 전, 그녀는 방탕으로 치닫긴 했으나, 결국에는 아이처럼 — 무모하고 경솔한 그 태도, 그건 필시 (육체를 갉아먹고 소모하는) 신성함의 징표였거늘 — 자신의 불안에 과잉의 의미를, 한계를 뛰어넘는 투신의 의미를 부여하기에 이른 것.

죽음이 변화시킨 것, 나의 고통은 울부짖듯이 그것에 이르렀다.

나는 갈기갈기 찢어지고— 고통스러운 내면의 결빙으로 인해— 이마는 꽁꽁 얼어 있었다. 구름 틈새로 모습을 드러낸 천정점의 별들이 내 고통의 대미를 장식해주었다. 나는 추위 속, 무장 해제된 알몸. 추위 속에서 내 머리가 터지고 있었다. 쓰러지든, 계속 극도의 고통을 당하든, 죽어버리든 더 이상 문제가 아니었다. 마침내 불빛 하나 없는 성채의 음산한 윤곽이 보였다. 가여운 먹잇감을 덮치는 새처럼, 밤이 내게로 급강하했다. 갑자기 심장 속으로 한기가 파고들었다. 죽음이 거주하는… 저 성에 나는 도달하지 못하리라. 하지만 죽음은….

III

눈 위의 저 까마귀들, 햇살을 받으며, 내가 침대에 누
워 바라보고 있는, 내 방까지 소리가 들려오는 저 까마귀
떼는?

…같은 녀석들인가 — 아버지가 …하는 동안 B의 비명
에 화답했을 바로 그놈들인가?

따뜻한 난로와 햇살 포근한 이 방에서 눈을 뜨다니, 얼
마나 놀랄 일인가! 버릇처럼 지긋지긋한 속내 갈등, 긴장,
고통의 균열들이 여전히 이 몸 옭아매는 불안 증세는 더
이상 주위의 그 무엇과도 어울리지 않았다. 나는 재수 옴
붙었다는 생각에 악착같이 매달렸다. 속으로 중얼거렸다.
'너의 비참한 처지를 기억해.' 나는 힘겹게 몸을 일으켰다.
고통스러웠고, 나리가 후들거렸다. 발이 미끄러지면서, 탁

자를 짚었다. 병이 떨어져, 깨졌다. 날씨는 좋았지만 몸이 떨렸다. 볼썽사납게도, 앞자락이 배꼽 언저리에 머무는 너무 짧은 셔츠를 입고 있었다.

B가 후닥닥 들어오다 말고 소리쳤다.

"미쳤어! 빨리 침대로 가! 아니지…," 소리쳤다가, 더듬거렸다가.

한참 우는 도중 갑자기 웃음이 튀어나오려고 하는데, 여전히 징징대고는 싶고, 하지만 더 이상 그렇게 되지가 않는 아기처럼, 나는 셔츠 앞자락을 밑으로 잡아 늘이면서 신열에 부들부들 떨고만 있었다. 나도 모르게 웃음이 새어 나오는 가운데, 할 수 있는 일이라고는 셔츠 앞자락이 다시는 올라가지 않도록 조치하는 것뿐…. B는 부아가 치민 듯 호들갑을 떨지만, 그 와중에도 웃는 그녀가 내 눈에 보이고….

그녀는 잠시 (더는 참지 못한 내가 부탁한 것이다) 나를 혼자 놔두고 자리를 피해야 했다(당황한 상태에선 일단 눈앞에 내가 없는 것이, 텅 빈 복도로 잠깐 나가 마음을 다스리는 것이 그녀 입장에선 덜 불편했다). 연인들 사이의 난잡한 습관이 머릿속에 떠올랐다. 기력이 바닥났지만, 기분은 좋았다. 세부적인 절차가 요구하는 무한정한 시간이 짜증을 돋우면서도, 즐거웠다. 상황 파악의 욕구를 당분간 미루어야 했다. 담요 속에 누운 채 꼼짝 않는 사망자처럼 나를 방기하고, 망각하는 가운데, '무슨 일이지?'라는 의문이 경쾌하게 따귀를 후려쳤다.

나는 불안의 최종 가능성에 악착같이 매달렸다.

B가 "좀 괜찮아?"라며 조심스레 물었다. "여기 어디야?"라고 반문하면서 나는, 눈망울이 휘둥그레지는 일종의 패닉 상태에 나 자신을 맡겼다.

"집이야." 그녀가 대답했다.

"그래, 성 말이야." 아차 싶은 듯, 얼른 덧붙였다.

"근데… 네 아버지는?"

"신경 쓰지 마."

그녀의 태도가 무슨 잘못을 들킨 아이 같았다.

잠시 후 이렇게 말했다.

"죽었어."

짤막하게 내뱉고는, 고개를 숙이는 그녀….

(전화 장면이 밝아지고 있었다. 이어서, "여보세요, 제발 부탁입니다", 울고불고 사정해가며, 결국엔 내가 열 살짜리 계집아이를 웃게 만들고 있었음을 깨달았다.)

아니나 다를까, B가 시선을 피하고 있었다.

"그 작자 여기 있지…?" 그래도 내가 물었다.

"응."

그녀가 흘깃 돌아보았다.

우리의 시선이 마주쳤다. 그녀 입가에 미소가 스쳤다.

"날 어떻게 발견한 거야?"

내가 보기에 B는 당황한 기색이 완연했다. 될 대로 되라는 심정으로 말하고 있었다.

"내가 신부님께, 저기 왜 눈이 불룩 튀어나와 있냐고 물어봤거든."

나는 환자 특유의 갈라진 목소리로 다그쳤다.

"그게 어디쯤이지?"

"길바닥이었어. 성에 이르는 출입로 막 들어와서."

"너희가 날 옮긴 거야?"

"응. 신부님과 나."

"신부님하고 너 둘이서 그 전까진 무얼 하고 있었는데?"

"자꾸 흥분하지 마. 말 가로막지 말고, 일단 내가 얘기하게 내버려두란 말이야…. 우린 열 시경에 집에서 나왔어. A랑 나랑 먼저 저녁부터 먹었지(엄만 먹기 싫다 하셨거든). 난 최선을 다했지만, 우린 그동안 잘 지내기 어려웠어. 당신이 얼마나 정신없는 사람인지 누가 알 수 있을까?"

그녀는 내 이마를 손으로 짚었다. 왼손이었다(바로 그 순간, 내게는 만사가 잘못되어가는 것 같았다. 그녀의 오른손은 스카프에 가려져 있었다).

그녀는 얘기를 이어갔지만, 손을 떨고 있었다.

"우린 별로 늦지 않았어. 당신이 우릴 기다리기만 했어도…."

나는 힘없이 한숨을 내쉬었다.

"난 아무것도 몰랐지."

"편지에 분명히 썼는데…."

나는 어안이 벙벙했다. 의사한테 쥐여준 편지는 늦어도 저녁 일곱 시 전에 여관에 당도했어야 했다. A는 아버지의 죽음을 알림과 동시에, 자신이 다소 늦게 돌아올 것이며 B도 함께 올 것임을 전하고 있었다.

나는 B에게 조용히 말했다.

"아무도 여관에 편지 맡기지 않았어."(사실 의사는 몹시 취해 있었다. 그만큼 그는 추위를 많이 탔다. 그리하여 그는 호주머니 속의 편지를 깜빡 잊고 있었다).

B는 내 손을 자기 왼손으로 붙잡으며, '어색하게' 손가락들을 깍지 꼈다.

"아무것도 몰랐으면, 무조건 기다렸어야지. 에드롱 눈에 띄었다면 그냥 죽게 놔두었을 거야! 그렇다고 집에 당도한 것도 아니고!"

B의 눈에 띄었을 당시, 나는 막 쓰러진 직후였다. 몸 전체를 눈가루가 살짝 덮은 상태였다. 뜻밖에도 B를 포함한 누군가의 눈에 띄지 않았다면, 추위로 인해 일찌감치 사망했을 터!

B가 오른손을 스카프 밖으로 빼 왼손을 마주 잡았다. 가만 보니, 깁스를 했음에도 양손을 꼼지락거리려는 모양이었다.

"나 때문에 힘들었겠네?"

내가 물었다.

"이젠 생각도 안 나…."

그녀는 입을 다문 뒤에도, 옷 위로 손을 연신 꼼지락거렸다. 그러다가 말을 이었다.

"당신이 쓰러진 그 길목 말이야, 누군가 성에서 나오다 보면 그쯤에서 키 작은 전나무 숲을 벗어나게 되어 있지. 거기서 꾸불꾸불 오르막길이 시작되는 거 기억나? 그 길로 계속 가면 가장 높은 고갯마루로 접어들게 돼. 불룩 솟은 눈 더미가 보일 즈음, 나는 느닷없는 돌풍에 휩싸였는데, 옷차림도 무척 허술했고, 터져 나오는 외침까지 꾹 참아야 했어. 심지어 A도 신음을 토해내기 시작하더군. 바로 그때 내가 주시한 게 이 건물이었어, 높은 데서 굽어보고 있었지. 죽은 사람 생각이 떠오르더군. 그가 나를 비틀어 버리던 기억까지…."

그녀는 입을 다물었다.

고통스럽게 자기만의 생각 속으로 빠져들었다.

한참 지난 뒤, 고개를 푹 숙인 채로, 계속해서 힘겹게 손을 꼼지락거리면서, 말을 잇는 그녀 — 낮은 목소리였다.

"…바람도 잔혹하기는 그와 마찬가지 같았어."

육체적 고통으로 기진맥진한 상태임에도 불구하고, 나는 할 수만 있다면 안간힘을 다해 그녀를 돕고 싶었다. 그날 밤의 불룩 솟은 '눈 더미'와 — 죽은 몸과 하등 다를 게 없는 — 기절한 내 몸뚱어리야말로 잔인한 아버지보다, 그 지독했던 추위보다 그녀에게는 훨씬 더 큰 잔혹함으로 나가온다는 걸 이제야 나는 깨달았다…. 사랑이 찾아낸 — 이 끔찍한 언어가 내게는 잘 감당이 안 되고 있었다….

우리는 마침내 무거운 분위기를 벗어던졌다.

그녀가 웃었다.
"우리 아버지 기억나?"
"…체구가 아주 작은 남자…."
"…아주 우스꽝스럽고…. 늘 길길이 날뛰었지. 모두가 그 앞에서 벌벌 떨었고 말이야. 툭하면 닥치는 대로, 아무거나 박살 내버리고…"
"그럼 당신도 벌벌 떠나?"
"응…."

입을 다물되, 미소는 그대로였다.
급기야 그녀가 말했다.
"그가 저기 있어…."
그러면서 눈으로 방향을 가리켰다.
"어떤 꼴인지 말하기가 참 힘든데… 두꺼비랄까 — 방금 파리 한 마리를 삼킨…. 정말 못생겼어!"
"그래도 좋아하잖아 — 여전히…?"
"매력 있거든."

노크 소리가 났다.

A 신부가 신속히 방을 가로질러 들어왔다.

성직자 특유의 무로 돌아간 듯한 거동을 그에게선 찾아볼 수 없었다. 언젠가 앙베르의 동물원에서 보았던, 골격은 큰데 몸은 앙상한 맹금류를 연상시키는 풍채였다.

그는 침대 발치로 다가와, 말은 않고 우리와 눈빛만 교환했다. B는 알 만한 미소를 감출 수 없었다.

"결국, 다 잘되고 있구먼."

A의 말이었다.

탈진 상태. 침대 가까이, A와 B는 저녁 해가 그 마지막 햇살을 드리우는 들판의 건초 더미와도 같았다.

잠들어, 꿈을 꾸는 기분이랄까. 무슨 말이든 해야 했지만, 기억이 가물가물하다 보니, 어떻게든 해야 할 말들이 흐지부지 사라져버리는 것이었다. 내면의 긴장감은 그대로이나, 망각이 문제였다.

바직바직 타오르는 불길과 연관된 고통스러운, 돌이킬 수 없는 감정.

B가 장작을 보충한 뒤, 난로 뚜껑을 소리 나게 닫았다.

A와 B는 의자 하나에, 안락의자 한 곳에 앉아 있고, 죽은 자는 집 안 좀 더 멀리 떨어진 곳에 누워 있다.

새의 길쭉한 옆모습을 한 A. 무뚝뚝한, 무용한, '폐쇄된 성당 건물'.

나를 보러 왕진한 의사가 전날 편지 전달을 깜빡한 걸

사과했다. 그리고 내게 가벼운 폐울혈 진단을 내렸다.

어디를 둘러봐도 망각이다….

나는 화려하게 장식된 방에 그 반들반들한 대머리의 땅딸보 사망자를 생각하고 있었다. 밤이 내리고 있었다. 밖에는 맑은 하늘, 눈 그리고 바람. 지금은 아늑한 실내와 평화로운 권태의 시간. 나의 비탄은 급기야 정반대의 양상을 취함으로써 그것이 가진 한계를 초탈해버린 상태. 진지한 표정의 A는 B를 상대로 전기 난방장치에 관해 이야기하고 있었다. "…수 분 만에 기온이 20도까지 올라가는데…." 그러자 B가 대꾸한다. "…굉장하네…." 얼굴 표정과 목소리들이 어둠 속에서 희미해지고 있었다.

나는 홀로 남아, 아픔의 규모를 가늠하고 있었다. 끝날 것 같지 않은 정적. 어제의 과한 행동은 허망했다! 극단의 명징, 고집, 행복(요행)이 나를 이끌었던 거다. 나는 성채 깊숙이 들어와 있고, 죽은 자의 집에 거하고 있으며, 한계를 넘어선 상태다.

나의 생각들이 사방으로 흩어져 사라지고 있었다. 있지도 않은 의미를 세상만사에 갖다 붙이면서 나는 바보짓을 했던 거다. 범접할 수 없는 이 성채는 — 광란 혹은 죽음이 거하는 — 그냥 평범한 하나의 장소였을 뿐이다. 전날만 해도 내가 벌이는 게임을 속속들이 꿰뚫고 있는 것

같더니만. 한마디로 이 성은 희극, 아니 거짓이었다.

나는 저 사람들 실루엣을 눈으로 더듬고 있었다. 더 이상 말하지 않는 저들을 밤이 지워버렸다. 죽은 자의 집에 아픈 몸으로 거한다는 건 어쨌든 나의 운에 속했다. 나의 엉큼한 병세, 나의 톡 쏘는 유머, 의심스러운 진정성….

적어도 대머리는 살아 있지 않았고, 진정으로 죽어 있었다. 그런데 진정이라는 말이 무슨 뜻인가?

그 자신에 대한 관념적인 설명만으로 내가 A의 비참한 운명을 제대로 파악하기는 어렵다. 하나의 차분한 사색이 그 지긋지긋한 명료함을 세상 속으로 줄기차게 욱여넣는 것을 상상해본다. 사색과 행위를 번갈아 이어가는 느린 공정, 무모한 것 같지만 실은 똑똑하고 조심스러울 뿐인 그 놀이를 통해 그가 성취할 수 있는 게 무엇일까?

본인 말에 의할 경우, 그의 패악스러움은 단 하나의 목표를 지향하고 있을 것이었다. 자신의 현재 처지에 물질적인 결과물을 부여하기.

사기꾼 같으니! 생각을 마무리하며 나는 그렇게 속으로 중얼거렸다.

(나는 조용하고 아픈 사람이었다.)

자신의 그런 시도가 주사위 놀음과 다름없는 뻔뻔한 짓이라는 걸 정녕 모른단 말인가?

우리 중 어느 누구도 우연으로부터, 심연의 밑바닥으로부터 또다시 하찮은 뭔가를 끄집어내려는 추사위가 더는 아니다.

이런 종류의 진실일수록 지성의 게임을 통해 얼마든지 확실하게 도출해내는 법….

지성이라는 것의 넓이, 그 깊이를 어떻게 부정할 수 있을까?

그럼에도 불구하고.

지성의 정점이란 곧 그 몰락을 향한 변곡점이기도 하거늘.

지성은 사라지기 마련. 인간의 지성은 인간을 따돌림으로써 스스로를 규정한다. 그것은 외부에서 볼 때 그냥 나약함일 뿐이다. A는 그저 그런 자신의 깊이에 도취한 자인데, 남보다 속이 깊을수록 됨됨이 역시 우월하기(은 연중에든 공공연하게든) 마련이라는 점만 아니라면, 그의 도취를 문제 삼을 사람은 없을 것이다. 가장 큰 지성은 사실상 가장 속기 쉬운 지성이다. 누구나 범하는 분명한 어리석음을, 그것도 부질없이 피하고 있으면서 자신이 마치 진리라도 파악한 양 생각하는 것. 자신이 생각하는 것을 진정으로 갖춘 사람은 없다. 뭔가를 더 생각하기 마련이다. 가장 엄정한 이의 부적에도 유치한 믿음이 깃드는 법.

나에 앞서 그 누구도 달성하지 못한 것은 나 역시 달성

할 수 없다. 악착같이 매달려봤자, 나는 다른 사람들이 범한 실수를 흉내 낼 수 있었을 뿐이다. 나는 다른 사람들의 무게를 질질 끌고 다녔다. 기껏 해봤자 나 자신을 쓰러지지 않은 유일한 존재로 여기는 것뿐인데, 나는 똑같은 감옥에 똑같은 족쇄로 구속된 그들 중 하나일 따름이다.

나는 쓰러져 있다. B의 곁에, A와 나, 그리고 이 비밀스러운 성….

최고의 사기극, 지성의 향연이다!

가까운 곳, 죽음 속 대머리조차 가짜로 뻣뻣하게 굳어 있는 건 아닐까?

그자의 이미지가 B의 뇌리를 떠나지 않는다(시체가 우리를 갈라놓는다).

그레뱅 박물관*의 망자여!

죽은 자를 질투하다니! 어쩌면 죽음 자체를 질투하는지도?

근친상간이 망자와 B를 하나로 엮고 있다는 명확한, 돌이킬 수 없는 생각이 불현듯 내게 엄습했다.

* 파리에 있는 밀랍 인형 박물관.

나는 잠이 들었고 한참 후에야 깨어났다.

혼자였다.

욕구를 해소할 길 없어, 벨을 눌렀다.

나는 기다렸다. 희미한 불빛밖에 없어, 문을 연 사람이 에드롱이라는 것을 처음에는 알아보지 못했다. 그는 저만치 떡 버티고 서 있었다. 숲속 짐승 같은 그의 눈이 나를 빤히 바라보고 있었다. 나 역시 그를 빤히 바라보았다. 방은 무척 넓었다. 그는 침대 쪽으로 서서히 다가왔다. (그나마 흰색 윗옷을 입고 있어서 안심이다.)

내가 그에게 툭 내뱉었다.

"나요."

그는 대꾸하지 않았다.

하필 그날 내가 B의 방에 누워 있다는 것 자체가 그의 이해력을 뛰어넘는 사태였다.

그는 말 한마디 없었다. 윗옷 스타일에도 불구하고 삼림 감시원 같은 분위기였다. 그렇다고 나의 도발적인 태도가 주인의 그것은 아니었다. 웬 초라하고 병든 남자 하나가 몰래 들어와, 망자의 면전에서 어슬렁거리고 있다면, 그건 밀렵꾼의 처지나 마찬가지라고 해야 할 것이었다.

그가 내 앞에서 어중간한 태도에 경직된 표정으로 서 있던 시간이 기억난다(주인이 부리는 대로 움직이는 입장에서, 그는 무슨 말을 해야 할지, 자리를 어떻게 피해야 할지 전혀 감을 못 잡고 궁지에 몰린 기색이 역력했는데…).

나는 속에서 웃음이 솟구치는 걸 참을 수 없었다. 그건 정말이지 고통스럽게 가라앉혀야만 하는 웃음이었다. 숨이 막힐 정도였다.

그때였다. 비명을 내질러도 시원찮을 불편한 감정이 정신을 번쩍 들게 할 만큼 명징한 각성 상태를 내게 불러일으켜 주는 것이었으니!

B는 종종 에드롱과 자기 아버지에 관해 이야기하면서, 자연에 역행하는 두 남자의 우정을 넌지시 내비치곤 했다. 드디어 내 안에 빛이 밝혀진 셈이었다…. 그동안 B에게서 보인 상처받기 쉬운 오만함, 뭔가에 억눌려 후련하

지 못하던 폭소, 방종과 순종처럼 서로 상반되는 방향으로 치닫던 극단적 성향들이 불안의 배경을 뒤로한 채 서서히 그 윤곽을 드러내는 것이었다—동시에, 나는 그 모두를 해명할 열쇠를 손에 쥐었다. B가 어린 소녀 시절부터 두 괴물의 희생 제물이 되어왔다는 사실(이제야 나는 그 점을 확신하게 되었다!).

상황도 상황이거니와 대단히 차분한 심정이었던 만큼, 나는 불안의 경계가 후퇴하는 것을 느꼈다. A는 말 한마디 없이 문간에 버티고 서 있었다(나는 그가 오는 소리를 듣지 못했다). 나는 생각했다. '도대체 무슨 짓을 저질렀다고, 이렇게 내가 불가능 속에 팽개쳐진단 말인가?' 나는 사냥터지기에게서 성직자에게로 시선을 이동했다. 나는 성직자가 부정하는 신을 상상해보았다. 차분한 가운데, 깊은 고독에서 우러나는 내면의 탄식이 나를 산산조각 내고 있음을 느꼈다. 나는 혼자였고, 아무도 듣지 못하는, 그 어떤 귀도 감지하지 못할 신음 소리였다.

만약 신이 있다면 나의 탄식이 어떤 상상할 수 없을 힘을 발휘할 것인가?

'그래도 한번 생각해보자. 이제 너를 벗어날 수 있는 건 아무것도 없어. 신이 없다면, 네 고독의 갈기갈기 찢어진 탄식은 그 자체로 가능한 것의 극한이겠지. 그런 뜻에

102

서, 우주의 모든 요소가 결국에는 너의 탄식에 종속되고 야 마는 거야! 네 탄식은 그 무엇에도 굴복하지 않고 모든 것을 지배하지만, 그럼에도 불구하고 무한한 무기력 상태 의 의식으로 이루어져 있지. 정확히 말해, 불가능의 감정 으로!'

희열에 들뜬 상태라고나 할까.

나는 늙은이의 두 눈을 노려보았다. 그의 안에서 동요 가 일어남을 느낄 수 있었다.

문간에서 상황을 즐길 신부의 심정이 이해가 갔다….

부동자세(그는 나를 비웃고 있었다. 우정을 결코 배제 하지 않으면서도, 그의 교활한 사고는 곧잘 무심함 속으 로 자취를 감추었다). 아주 잠깐 A는 그 포즈를 유지했다.

(자상하게도 그는 나를 정신 나간 사람으로 취급한다. 게다가 그는 나의 '희극들'을 재미있어 한다.

불안의 허풍을 나는 의심하지 않았다….)

그 정지된 순간—사냥터지기더러 보란 듯 나는 침대 에서 상체를 벌떡 일으켰다. 무기력 상태에서 삶이 나를 이탈하고 있었다—나는 생각하고 있었다. '어제 나는 눈 속에서 속임수를 쓰고 있었지, 내가 꿈꾼 건 투신이 아니 었어.' A의 현존과 연관된 그와 같은 명징함은 내가 처한 상황에 어떤 변화도 기져오지 않았다. 에드롱은 여전히 내 앞에 버티고 있었고, 그를 나는 야유할 수 없었다.

　무엇보다도 나는 그가 윗옷 속에 품고 있을 고기 써는 칼에 생각이 미쳤던 것이다(실제로 그걸 가지고 다니는 걸 나는 알고 있었다. 그 역시 칼 생각을 하고 있지만 몸이 움직여주지 않을 뿐임을 나는 알고 있었다). 벨 소리가 들리면서 사냥터지기가 지나가는 것을 목격한 A는 덜컥 겁이 났을 테고… 하지만 오산이었다. 포기한 건 사냥터지기였다.

　그를 마주 보는 가운데 나는 공포감 속에서도 가벼운 승리감을 맛보고 있었다. A 앞에서도 같은 느낌이었다(순간, 나의 명징함은 열광의 수준으로 치솟았다). 공포가 극에 달하자, 내가 느끼는 희열감의 한계가 무너져버렸다.
　신의 영원한 부재 속에서 지금의 내 상태가 우주 자체를 초극하든 말든, 나는 더 이상 개의치 않는다….

　죽음의 감미로운 기운이 나에게서 사방으로 퍼져 나가고 있었다. 내겐 신뢰에 대한 확신이 있었다. 에드롱과 A를 뛰어넘어, B의 사무친 고뇌가 죽음을 향한 M의 투신에 합류했다. B의 쾌활함과 경박함은(하지만, 바로 그 순간에도 그녀가 망자의 방에서 두 손 꼼지락거리고 있음을 나는 추호도 의심하지 않았다) 알몸 상태에 한 발 더 들어가는 것, 육체가 옷과 함께 훌렁 팽개쳐버리는 비밀에 한

층 더 다가가는 것에 불과했다.

그때까지만 해도 나의 희극에 대해 이처럼 분명한 의
식을 나는 가진 적이 없었다. 그것은 통째로 구경거리가
된 나의 인생이자, 지금의 나에 이르기까지, 워낙에 실감
나고 완벽한 희극이다 보니 희극 자체가 "나는 희극이다"
라고 말하는 경지에 이르기까지, 내가 품어온 호기심이다.

나는 보려는 광기에 사로잡혀 멀리 보고 있었다.
세상의 노기 띤, 망가진 얼굴.
사냥터지기의 잘생긴, 우스꽝스러운 면상… 접근 불
가의 무대배경에 그의 추한 모습을 나는 즐겨 부각시켰
고….
갑자기 나는 그가 퇴장하리라는 걸 눈치챘다. 아울러
적당한 시간이 지난 뒤, 차 쟁반을 든 그가 다시 등장하리
라는 것도 파악했다.

급기야 나는 각기 서로 다른 사물들을 엮는 끈으로 모
든 것을 묶었다. 그리하여 각 사물들이 죽어버리도록(발
가벗겨지도록).

…그 비밀 — 육체가 팽개쳐버리는….
B는 울지 않았다. 어색하게 손만 꼼지락거리고 있었다.
…차고의 어둠, 수컷 냄새, 죽음의 냄새…

…마침내 대머리의 생기 없는 몸뚱어리….

내게는 아이의 천진함이 있다. 나는 속으로 중얼거린다. 나는 엄청난 불안을 느껴. 나는 어리둥절해(그러나 내 손아귀엔 그녀 알몸의 감미로움이 쥐여져 있어, 꼼지락거리는 그녀의 어색한 손동작도 슬쩍 들추어 엿보게 해주는 옷자락에 지나지 않아…. 그 둘은 더 이상 다르지 않았다. 그 고통스러운 어색함은 어린 소녀의 궁지에 몰린 알몸을 A 앞에서 버젓이 웃어젖히는 알몸에 연결시켰다).

(알몸 상태는 죽음일 뿐이며, 가장 감미로운 입맞춤은 쥐의 뒷맛을 남긴다.)

제 2 부

디아누스
(몬시뇰* 알파의 비망록에서 발췌한 메모들)

---

* 가톨릭의 고위 성직자명.

새

…햇살 머금은 아침 이슬이 그러하듯, 고뇌의 감미로움이 담기지 않고서는 단 한 줄도 쓸 수 없나니….

…나는 차라리…
…그러나 나는 내 발자취를 지우고 싶어라….

…광적인 주의력, 취기일지도 모를 공포 비슷한, 공포일지도 모를 취기 비슷한….

나는 슬퍼진다. 일종의 적의가 방의 어둠 속에 ─ 그리고 이 죽음의 적막 속에 ─ 나를 붙잡아둔다.

도둑처럼 집 안에 스며든 수수께끼에 답을 할 시간일 테니 말이다. (계집애처럼 초조해하느니, 이번에는 내가 살기를 그침으로써 대답하는 것이 더 나을지 모른다.)

지금 호수의 물은 검다. 폭풍우 이는 숲은 집과 마찬가지로 장례식장이다. 속으로 암만 '옆방에 망자가 있나니…!' 중얼거려봤자 소용없다. 앙트르샤를 하는 생각에 웃음이 비어져 나온다. 온 신경이 곤두서 있다.

112

조금 전에 E가 무턱대고 밤 속으로 떠났다. 그녀는 문을 닫을 정신조차 없었고, 바람이 불자 요란하게 문이 닫혔다.

나는 나 자신을 멋대로 좌우할 수 있기를 바랐다. 나는 내 자유가 온전하다고 상상했다. 그리고 지금 내 심장은 바짝 졸아들었다. 내 삶에는 출구가 없다. 이 세상이 나를 위기감으로 에워싼다. 나에게서 이 가는 소리를 구걸하고 있는 거다.—"E가 (오로지 육체적으로만 네가 원했을 때) 너를 배신하더니, 이제 망자에 대한 사랑, D를 사랑하기에 스스로 목숨을 끊는다고 상상해보아라!"

E는 자신을 경멸하던 한 남자에 대한 사랑으로 스스로를 소진해간다. 그 남자의 눈에 그녀는 난교 파트너에 지나지 않았다. 그녀의 어리석음을 비웃어야 할지 — 혹은 나의 명청함을 통탄해야 할지, 나는 더 이상 모르겠다.
그녀밖에는, 죽은 자밖에는 더 이상 생각할 수 없는 나는 — 무작정 기다릴 수밖에 없다.
서글픈 위안이라고 해야 하나, E가 방탕한 삶보다는 호숫가를 헤맬지언정 불안을 택했다는 것이! 그녀가 자살을 할 것인지 나로선 알 수 없다….

지난 며칠 동안은, 죽은 내 동생을 생각한다거나, 심지어 그에 대한 나의 애정을 놓고 보아도, 웃음을 참기란 힘들 거라고 생각해왔다. 하지만 이제는 죽음이 현존한다.

자기가 원하는 것, 줄기차게 원해온 것에 대한 반증의 상황 앞에, 가장 깊은 내면으로부터 이 정도까지 동감할 수 있다니, 참으로 괴이한 일이다.

아니면, 혹시? 나는 D가 죽기를 원한 것일까… 밤새도록 호숫가를 헤매는 E가 더 이상 망설이지 말고 어서 몸을 던지기를 바라기라도 한 걸까…. 당장은 그런 생각이 거북스럽기만 하다… 그녀를 삼켜버릴 물이 그녀에게 거부감을 주는 것처럼.

동생이 죽기 직전까지, 우리 형제는 끝없는 축제의 삶을 즐기기를 원했다! 아주 흥겹고 기나긴 세월을 말이다! 그러다 뜻하지 않은 변수가 생겼으니, 바로 이런 것이었다. D는 언제라도 우울증과 수치심에 휘둘릴 수 있는 성격이었다. 늘 코믹함을 즐기는 그의 기질 역시, 내가 상상컨대, 제한된 존재는 물론이거니와, 그 한계를 넘어서고자 하는 우리의 과도함마저 뛰어넘는 무언가를 향한 '끝없는 관심'에 맞닿아 있었다. 그리고 지금 나는 그가 내버린 모래 위의 물고기 신세로, 뻣뻣하게 굳어 있다.

피로와 불면증에 시달리다 못해, 미신에 굴복하다니!
폭풍우로 인한 정전이라지만, 하필 상을 치르는 이 밤에 불이 없다는 사실이 묘하다(아니 불길하다).

우르릉거리는 천둥소리가 상실한 가능성의 구역질 나는 감정에 대해 끊임없이 대답해온다. 반쯤 벌거벗은 무도회 복장에 가면을 착용한 E의 사진을 성당 촛불이 밝히고… 나는 더 이상 모르겠다, 아무런 대책 없이, 늙은이처럼 공허한 모습으로, 나 여기 이렇게 있다.

"네 위로 하늘이 어둡고 드넓게 펼쳐지는구나. 바람이 몰아치는 구름 틈새로 희부연 달빛이 폭풍우가 쏟아내는 먹물을 더욱 검게 만들 뿐이다. 하늘과 땅, 너의 안과 밖, 모든 것이 너의 몰락에 힘을 보태고 있다."

"불경한 사제야, 네가 이제 추락할 때가 되었구나!" 나는 창문에 대고 그런 바보 같은 저주의 말을 큰 소리로 내지르기 시작한다.

아프도록 우스꽝스러워라…!

요컨대, 웃어야 할지 울어야 할지 알 수 없는 시간, 이것이 과연 피로감인지, 곰팡이 핀 눈과 입의 느낌인지, 서서히 좀 슬어가는 신경의 반응인지, 당최 감이 안 오는 낭패의 순간이야말로 가장 강력한 투신을 가능케 하는 법. 조만간 나는 창가에 선 채, (느닷없이 내리치는 벼락의 섬광 속에 호수의 수면과 하늘의 전모가 훤히 드러나는 이 순간) 가짜 주먹코 들이대며 신에게 따지리라.

살아 있다는 — 무한히 감미로운 — 느낌, E, 죽은 자와 나, 파지할 수 없는 가능성. 죽음의 위엄 어린, 다소 부자연스러운 우매함, 침대에 누운 망자의 어딘지 모르게 기괴하고 장난스러운 면모 — 가지에 앉은 새처럼 — 유보되지 않은 것은 아무것도 없는, 완전무결한 침묵…, D와 나의 은밀한 공모 관계, 더도 덜도 아닌 아이들 장난, 묘지 인부의 죽음 냄새 풍기는 추악함(우연한 애꾸인 것 같지는 않다). 그 와중에 물가를 방황하는 E(그녀의 내면이 온통 캄캄하다. 나무에 부딪칠까봐 그녀는 두 손을 내밀고 있다)…

　…얼마 전, 의심할 여지 없는 그녀의 공허하고도 무궁무진한 패닉 상태에 나 또한 사로잡혀 있었다. 두 눈이 적출

된 채 방황하는 오이디푸스처럼… 두 손 내밀고서…

…하나의 이미지, 정확히 어느 한순간, 마치 음식물 덩어리가 목에 걸리는 것처럼. 알몸 상태의 E, 내가 머릿속에 그려온 그대로 콧수염 달린 주먹코 분장을 하고… 그녀는 피아노 반주에 맞춰 그윽한 사랑 노래 불러댔지, 그 노래 별안간 격렬한 가사와 함께 불협화음으로 치닫고.

…아! 어서 내게 줘요, 당신의… 이… 안에…

…저속한 격정으로 실컷 노래 부른 탓에 취하고 맛이 갔지. 넋 나간 미소가 맛이 간 상태임을 자백하고 있었어. 흥분하여 몸이 덜덜 떨리는 정도까지. 이미 가벼운 헐떡임이 우리를 이어주고 있었지….

그 정도 격앙 상태에서, 사랑이란 죽음처럼 엄정한 법. E에게 있었던 건 단순함, 우아함 그리고 짐승의 탐욕 어린 조심성….

그러나 — 갑자기 전깃불이 들어오는 순간 — "있었던"이라는 저 섬뜩한 단어가 눈에 들어오는 순간, 그 누가 불면의 공허 속에 휘청거리지 않을 수 있을까….

사육제의 노예로 분한 그녀 모습· 길진 듯 만 듯한

그 옷차림… 적나라한 불빛 아래.

도저히 견딜 수 없는 상황이 벌어질 때, 때맞춰 내 안에 동터올 여명의 빛을 나는 단 한 번도 의심해본 적이 없다. 그리고 지금 이곳에서조차, 기사의 석상과 악수하리라는 희망은 나를 결코 버리지 않았다.

얼마나 연극 같은 짓이던가, 밀랍 양초를 받쳐 들고, 다시 도래한 어둠 속에서 꽃들과 함께 잠든 망자의 시신을 보러 가는 일. 고광나무 꽃향기, 죽음의 세제 냄새와 뒤섞인 그곳으로!

도를 넘어선 아이러니한 형국이야 (죽은 사람들의 얍삽해 보이면서 불가해한 옆얼굴) 나의 침착한 결단과 단순 명료한 냉정함이 알아서 대처한다지만, 질투와 시샘 가득한 마음을 순정 어린 감정에 결부시키기란 얼마나 어려운 일인가! 그럼에도 견디기 어려운 상황을 버텨나가게끔 나를 돕는 것은, 정확히 말해, 내 안으로 엄습해 들어오는 이 어둡기 짝이 없는 애정….

B와 이별 후, …에서 자신의 삶을 마감하기로 작정하기까지 그가 시달렸을 우울증이 떠오르면서, 그가 내게 안겨준 질식할 것 같은 기분이 마치 쾌감처럼 느껴질 정도.

…처형 날의 새벽 분위기 — 동터오는 분위기 — 속에서 삶 전체가 나와 D를 맺어주는 어두운 애정으로 채워져… 어둡지도 않고 따스하지도 않은 것은 우리와 관계가 없다. 무기력한 분통이 터지기 직전까지(그러나, 서서히, 나는 나 자신을 다스렸다), 짜증을 유발하는 요인은 바로 이것뿐. 단죄될 것이 확실해야 합의가 이루어지는 정도 수준의 가증할 우애에 D는 결코 도달한 적이 없다는 사실.

여섯 시 종이 울렸지만, E는 다시 돌아오지 않을 것이다…. 죽음만이 홀로 충분히 아름답다. 충분히 미쳐 있다. 이제 우리는 죽지 않은 채 이 침묵을 어떻게 견뎌나갈까? 모름지기 내가 겪고 있는 고독에까지 이른 사람은 없을 것 같다. 그걸 나는 글을 쓴다는 조건하에 버티고 있는 거다! 그런데 E 또한 죽고 싶어 했다니, 내 기분대로 드러내는 욕구에 곧잘 부응할 그 어떤 행동도 그녀는 할 수 없었던 게 분명하다.

D가 하루는 내게 웃으며 말하기를, 두 가지 강박관념에 그동안 (병이 날 만큼) 시달려왔다는 것이다. 첫째, 어

떤 경우에건 자기는 세상 그 무엇도 축복할 수 없을 거라는 생각(그가 이따금 드러낸 감사의 마음은 추후에 거짓임이 판명되곤 했다). 둘째, 신의 그림자가 흩어져버리고 우리를 뒷받침해줄 광대한 그 무엇이 결여된 상황에서, 더 이상 아무것도 제한하지 않고 보호해주지 않는 광막함 자체를 살아내야 한다는 생각. 그런데 부실한 탐구로는 도달할 수 없었던 — 일종의 무기력이 그를 떨게 만들었다 — 핵심을 지금 나는 불행이 조성해준 고요함 속에서 깨닫고 있으니(이를 위해선 그의 죽음과… E의 죽음과… 나의 돌이킬 수 없는 고독이 필요했다). 요컨대, 옛날 한 인간이 유리창에 밀착된 손을 악마의 손으로 파악하면서 섬뜩하고도 달콤하다고 느낀 무언가를, 지금의 나는 차마 말할 수 없는 애정이 내게 범람하여, 나를 취하게 만드는 걸 방치함으로써 똑같이 느끼고 있는 거다.

(…이런 사실을 자조할 마음이 내게 있는 걸까, 없는 걸까…?)

나는 글자 그대로 창가를 어슬렁거렸고 마치 환자처럼 허둥대고 있었다. 새벽의 우울한 빛, 호수 위로 낮게 깔린 하늘이 내 상태에 호응하고 있다.

만사 불문하고 제 영역을 사수하고 있는 세상에 철로 소리와 갖가지 신호음들이 부여하는 하찮은 의미들… 나만 동떨어져 미친 듯 웃어대는 소리가 기차역과 기술자들, 새벽부터 일어난 노동자들의 세상 속으로 흩어져갔다.

인생에서 나와 마주친 바로 그때부터 단 한순간도 살기를 멈추지 않는, 이것저것 생각하기를, 일어나 씻기를, 혹은 잠자리에 들기를 중단치 않는 숱한 남자와 여자들. 결국에는 감당할 수 없는 껍데기만을 남기고 떠날 이 세상으로부터 어떤 사고라든가 질병이 그들을 강제로 끄집어내지만 않는다면 말이지만.

지금 나를 가두고 있는 상황은 누구든 언젠가는 만나게 되어 있다. 현재 내 안에서 고개 드는 질문 중 삶과 삶의 불가능성이 서로에게 던지지 않은 질문 또한 하나도 없다. 하지만 태양은 눈을 멀게 하거늘, 눈멀게 하는 빛이 제아무리 모든 눈에 친숙하다 해도, 거기에 자기 눈을 내맡길 사람은 없다.

내가 곧 쓰러질지, 문장을 마무리할 힘이라도 손에 남아 있을지 나는 모르지만, 불굴의 의지가 모든 걸 주도하고 있다. 내가 모든 걸 잃고, 영원한 침묵이 집 안을 평정한 상태에서 이 책상 앞의 나라는 잔해 더미는, 금방이라도 허물어질지 모르지만, 광채를 뿜어낼 빛의 덩어리처럼 여기 있다.

E의 사망에 대한 확신으로 내가 어두운 빛 속에 빠져버리고, 나의 우매함에 대한 감정이 그 뒤를 이었을 때, 이제는 말하리, 내 존재의 불안감이 처참할 지경이었노라고. 산책로 자갈들이 E의 발에 밟혀 소리 지르는 순간, 나는 창문에서 한발 물러나 몸을 숨기고는 그녀를 훔쳐보았다. 그녀는 피로의 이미지 자체였다. 두 팔 늘어뜨리고 고개 숙인 채, 그녀는 내 가까운 지점을 천천히 지나갔다. 스산한 아침의 빛 속에 비가 내리고 있었다. 그 지긋지긋한 밤을 새우고 난 지금, 내가 그녀보다 덜 끝장나 있단 말인가? 그녀의 모습은 마치 나인 척하고 있는 것 같았다. 높은 곳에서 추락한 나 자신이 우스꽝스럽게 느껴졌고, 내가 처한 상황은 죽음의 침묵에 추악한 뭔가를 뒤섞고 있었다.

그럼에도 언젠가 한 인간이 이렇게 말한다면, "나 여기 있어! 난 모든 걸 잊었어. 지금까지는 일체가 환상이자 거짓이었지. 하지만 이제 소란이 잦아들었고, 눈물의 침묵 속에, 나는 귀 기울일 거야…", 그것이 뭔가라는 잠으로 기이

123

한 감정 상태를 의미한다는 걸 어떻게 모를 수 있을까?

나는 고양이처럼 느닷없이 나를 일으켜 세우는, 이 할 수 있다는 열정에서 D와는 다른 사람이다. 그가 울었다면, 나는 안 우는 척을 한다. 하지만 D라는 존재와 그의 죽음이 내게 모욕감으로 와닿지 않고, 죽음에 처한 D를 내 마음 깊은 곳에서 일종의 저주나 도발로 느끼지 않았다면, 나는 내 정열의 준동에 나 자신을 더는 내맡길 수 없었을 것이다. 나의 아둔함과 그걸 투과하는 죽음의 발현에 대한 황망한, 그러면서도 매료된 의식의 모욕적인 투명 상태였기에, 결국에는 채찍으로 나 자신을 무장할 수 있었을 터다.

그것이 신경을 안정시키는 일이라곤 할 수 없지….

나의 비참함은 예측 불가능한 신의 변덕에 적절히 대
응할 수 없는 독실한 신자의 그것과 다르지 않다. 나는 내
심 채찍으로 단단히 무장한 채 E의 방에 들어갔다가, 꼬
리를 내리고 거기서 나왔는데… 실상은 더 나빴다.

　광란의 실상을 짤막하게 들여다보자면….
　얼빠진 눈망울에 앙다문 잇새로 연신 "파렴치한 자
식…"만 되풀이해 내뱉는가 하면, 정상적인 손의 움직임
이 불가능한 사람처럼 입고 있던 옷 천천히 찢어발기며
실성 상태를 보이는 E.

　관자놀이가 무섭게 뛴다. 동생의 아늑한 방 분위기가,
그러지 않아도 꽃에서 우러나는 향에 통통해진 내 머릿속

을 끊임없이 파고든다. D는 자신의 '신성'이 감도는 동안 조차 그 방향(芳香)의 투명 상태에는 결코 도달하지도, 녹 아들지도 못했다.

삶이 확 퍼뜨리지 못하고 있는 것, 존재의 내밀함 속에 은폐된 웃음의 초라한 침묵. 그것을 — 아주 가끔은 — 까 발릴 능력은 아마도 죽음에 있으리.

의심의 여지 없이 세상의 본질인 바로 그것. 깜짝 놀랄 만한 순진무구, 무제한적인 방기, 도취의 풍성함, "아무려 면 어때!"라는 격한 일성(一聲)…

…기독교인의 제한된 무한 개념조차 한계의 유감스러 운 입장에서 그 한계를 분쇄할 능력과 필요성을 정의한다.

세계를 정의할 유일한 방법은 먼저 그것을 우리만의 척도로 환원한 다음, 그것이 정확히 우리의 척도를 벗어 나 있음을 활짝 웃는 낯으로 재발견하는 데 있다. 기독교 는 결국 진짜 존재하는 것을 폭로해준 셈이다, 무너지는 순간의 둑이 그 진정한 위력을 드러내듯이.

내 안에 제어할 수 없는 힘의 요동을 현기증 나게 느 끼면서, 어떻게 반항하고, 저주하려는 욕망을 떨치겠는가? 한계를 받아들일 수 없는 것에 어떻게든 한계를 부과하고

픈 유혹을 어떻게 참아내겠는가? 나를 죽이려드는 힘의 요동이 멈춰지기를 내 안의 모든 것이 요구한다는 생각과 더불어, 어떻게 나는 쓰러지지 않고 버틸 것인가? 그 힘의 요동이 D의 죽음, E의 불행과 무관하지 않을진대, "내가 존재함을 참을 수 없다"는 나 자신의 고백을 무슨 수로 틀어막는단 말인가? 방금 전까지도 내가 채찍을 쥐여주려 했던 손의 이 떨림, 그건 이미 십자가 앞에서의 탄식이 아닐까?

하지만 운이 변하면, 이 의혹과 불안의 순간이 나의 희열을 배가시키리라!

불안에 찌든 에로티시즘—아니 모든 에로틱한 무한의 근원에, 공포가 기승을 부릴수록 삶에 필수적인 한계를 부과해온 기독교가 자리한다는 사실이야말로 우리네 인간 조건의 핵심이 아닐까?

내가 E의 방에 망측하게 난입하지 않았다면, 망자의 곁에서 매혹당하는 일 또한 없었으리라는 걸 난 차마 의심할 수 없다. 그 순간, 꽃으로 가득한 방은 하나의 성당이었고, 엑스터시의 긴 창날로 내 가슴을 찌른 것은 영원한 빛이 아니라, 내 동생의 공허한, 용납할 수 없는 웃음이었다.

죽음과 더불어 손에 손을 맞잡은, 공모와 내밀의 순간. 심연의 언저리에서 맞는 가벼움의 순간. 출구와 희망이 부재하는 순간.

이제 속임수의 점진적인 이동을 방치하기만 하면 된다는 걸 나는 알고 있다. 미세한 변화라고나 할까. 나를 꽁꽁 얼렸던 것에 나는 영원한 중단을 선포한다. 신 앞에서 나는 전율한다. 전율의 욕망을 무한대로 끌어올린다!

한계가 부과된 대상 자체가 인간의 이성을 (즉, 한계를) 뛰어넘는 거라면, E의 이성이 그렇게 무너져 내린다면, 나 역시 나를 파괴하는 과잉을 용인하는 수밖에 없다. 그런데 나를 불태우는 과잉은 내 안에 사랑의 화합이니, 나는 신 앞이라 떠는 게 아니라, 사랑으로 전율하는 것이다.

나는 왜 정의와 복수에 쫓기는 죄악의 남루한 형상을 뒤집어쓴 채, 검은 구름 덩어리의 숨 막힐 듯 짓누르는 납빛 광채를 짊어지고, 숲의 비인간적인 적막 속으로 고뇌에 찬 발걸음을 옮겼던가? 그러나 마법의 햇살 아래 꽃피어난 폐허의 고즈넉함 속에서 결국 내가 찾아낸 것은, 한 마리 — 알록달록한 깃털로 치장한, 조잘대기 잘하는 자그마한 섬새 — 새의 황홀한 지저귐과 비상이었으니! 지각할 수 없는 것의 지각에 의해 한쪽 다리로만 서 있듯, 불가능한 빛의 후광을 두른 채 나는 숨죽여 돌아왔노라.

영원한 부재를 통해 모습을 드러낼 D야말로 꿈의 침묵이기라도 하듯.

나는 마법에 휘둘려 몰래 귀가했다. 내가 보기에, 전날 내 동생을 몰래 빼돌린 이 건물은 한번 불면 훌쩍 날아가버릴 것 같다. 아마 D처럼 몰래 자취를 감출 것이고, 그 자리에 세상 무엇보다 몽롱한 공허만이 남으리라.

방금, 다시 한 번, 동생의 방에 들어왔다.

죽음의 오묘한 향기가 감각을 취하게 하고, 잘게 찢어, 불안에 이르도록 잡아당기는 우주의 텅 빈 한 켠, 이 세상 밖에 정지된 채로 매달린 죽은 자와 나 그리고 이 건물.

내일 내가 쉬운 — 소리 나는 — 말의 세계로 다시 입장 한다면, 인간인 척하고 싶어도 어쩔 수 없는 유령의 행적 처럼, 나는 내 정체를 숨겨야 하리.

E의 방문에서 멀지 않은 곳을 나는 발끝으로 지나갔다. 아무 소리도 들리지 않았다. 나는 밖으로 나가, 테라스로 갔다. 거기선 방 내부가 들여다보인다. 창문이 반쯤 열려 있었고, 양탄자에 아무 움직임 없이 누워 있는 그녀가 보였다. 검정 레이스 코르셋을 천박하게 착용한 늘씬한 몸.

문어의 구불텅한 다리들처럼 사방팔방 제멋대로 펼쳐진 머리채와 팔다리. 그 방사상 중심은 바닥에 처박은 얼굴이 아니라, 스타킹 때문에 맨살이 더욱 부각되는, 깊숙이 갈라진 아래쪽 면상.

쾌락의 느린 유동이란 어느 점에서는 불안의 그것과 동일하다. 에스터시의 분출 또힌 그 둘과 극이 유사한 것.

내가 만약 E를 구타하고 싶었다면, 그건 관능적 욕망의 결과가 아니었다. 나는 나 스스로 탈진한 상태에서만 구타의 욕망을 느끼는 사람이다. 무기력만이 잔인할 수 있다는 것이 나의 지론이니까. 그런데 망자와의 친밀한 관계로 몽롱한 도취 상태에 사로잡혀 있다 보니, 나는 죽음의 마력과 알몸의 그것 사이에 존재하는 거북한 유사성을 실감하지 않을 수 없었다. D의 생명 없는 몸뚱어리에서 광막함의 혼란스러운 감정이 우러나더니, 아마도 달을 닮은 그 부동성으로 보아, 사정은 양탄자 위에 누운 E에게서도 마찬가지였던 것 같다.

나는 테라스 난간에 기대, 다리 하나가 살짝 움직이는 것을 보았다. 죽은 상태에서도 몸뚱어리에 가벼운 반사작용이 있을 수 있다는 생각도 가능했다. 하지만 당시 그녀가 죽었다 해도 실제 상황에는 극히 미미한 차이밖엔 만들어내지 못했을 것이었다. 나는 두려움에 취해 계단을 걸어 내려왔다. 명확한 이유가 있어서는 아니었고, 다만 비를 맞아 지저분한 잎사귀 무성한 나무 아래에 서 있자니, 이 이해 불가능한 세상이 내게 죽음의 축축한 비밀을 건네고 있는 것이 아닌가 싶었을 뿐이다.

지금 이 탄식 — 눈물로 해소되지 못하면서 복받쳐 오르기만 하는 이 흐느낌 — 그리고 이 무한한 부패의 느낌은 행복한 순간들보다 어떤 점에서 덜 바람직한가? 공포의 순간에 비교되는 지금 이 순간… (나는 터무니없는 열락을 그려보고 있다. 아직 온기가 남은 살구 파이, 햇살 가득 품은 산사나무 덤불, 극성스러운 벌 떼 윙윙거리고).

한데, 내가 없을 때 E가 망자의 방에 가면서 그런 파티 복장을 했으리라는 걸 나는 의심할 수 없다. 내 동생 있는 앞에서 내게 자기 인생 이야기를 한답시고 그랬으니까, 그렇게 벗다시피 한 자기 모습을 동생이 좋아한다고.

망자의 방에 그녀가 들어섰다는 생각 자체가 글자 그대로 내 심장을 옥죈다….

정신이 들자마자 그녀는 그대로 엎어져 오열을 터뜨렸을 것이다. 그렇게 얼추 그려본 모습은 죽음의 이미지도, 감당 못 할 음란함의 이미지도 아니다 — 차라리 그것은 한 어린아이의 슬픔이다.

오해와 착각, 유리창에 포크 긁어대는 소리의 절박함. 예언자가 재난의 조짐을 알렸듯이, 아이의 절망감이 예고하는 그 모든 것….

E의 방문 앞을 다시 지나치면서 나는 노크할 용기가 없었다. 아무 소리도 들리지 않았다. 내겐 아무런 희망도 없으며, 돌이킬 수 없는 상황에 대한 두려움이 내 마음을 갉아먹고 있다. 심지어 내가 할 수 있는 서라곤, E가 이성

을 되찾은 뒤 삶이 재개되기를 막연하게나마 바라는 것뿐일 정도다.

절대권

이젠 내가 쓰러져야 하나?

급기야, 글쓰기가 나를 엉망진창으로 만든다.

나는 너무 지쳐서 총체적 해체를 꿈꿀 정도다.

어떤 의미로부터 출발하면, 나는 그걸 소진시키거나…

결국에는 무의미와 맞닥뜨린다.

뜻밖의 뼛조각. 나는 게걸스럽게 씹어댄다…!

그러나 무의미, 어떻게 거기 녹아든 채로 멈출 수 있
나? 그건 있을 수 없는 일이다. 무의미란, 그 자체로, 어떤
의미에론가 스며든다…

…재와 광기의 뒷맛을 남긴 채.

나는 거울 속의 나를 바라본다. 패배한 눈빛, 꺼진 담
배꽁초 같은 몰골.

잠들고 싶다. 하지만 방금 저, 굳게 단힌 E의 창문을

보자 가슴이 쿵 하면서 견딜 수가 없다. 나는 이 글을 쓰는 침대 위에 널브러져, 뜬눈으로 지내야 한다. (사실 나를 잘근잘근 좀먹어 들어오는 것은 내가 아무것도 받아들일 수 없다는 사실 자체다. 열린 창 너머로 바닥에 쓰러진 그녀를 보았을 때, 나는 그녀가 독을 삼키지 않았을까 걱정했다. 이제는 창문이 닫혀 있기 때문에, 나는 그녀가 살아 있음을 의심하지 않는다. 그런데 살아 있든 죽어 있든 그녀를 묵인할 수가 없다. 창문이든 문짝이든 닫힌 너머로 그녀가 달아나 있음을 나는 인정할 수 없다.)

나는 불행의 관념 속에 나를 가두지 않는다. 부정형의 파열에서 스스로의 침투 능력을 끌어내고, 서둘지 않는 신속함으로 뭉치고 흩어짐으로써 하늘을 가득 채우는 구름의 자유를 나는 상상한다. 극단의 불안이 없었다면 오히려 답답했을지 모를 불행한 사색에 대해 나 이렇게 말할 수 있나니, 이 몸 쓰러질 때쯤, 그것이 내게 절대권을 이양하리라고….

[에필로그]

선잠을 잤다. 처음에 그것은 취기와도 같았다. 잠이 들면서, 나는 세상의 견고함이 잠의 가벼움에 고개를 숙이고 들어가는 느낌이 들었다. 그 냉소적인 무심함을 통과하면서 달라진 것은 아무것도 없다. 모든 걸 내려놓는 가운데 소강상태에 있던 욕망의 격렬함은 불안 속에 그걸 옭아매는 족쇄를 떨치며 다시 태어나고 있었다. 그러나 잠을 잔다는 것은 어쩌면 승리의 어긋난 이미지이기에, 우리가 낚아채야 할 자유는 이미 우리 손에서 벗어난 셈이다. 나는, 허물어진 개미집 속의 개미처럼, 일말의 논리적 실마리도 없이, 그 얼마나 불가해한 공포의 희생자였단 말인가. 그 악몽의 세계 속에 매번 추락하는 것만으로도 죽음의 모든 체험을 다 하는 것일 터(단, 각성 상태에 주어지는 결정적인 계시만 없을 뿐).

잠의 늪에 대해서, 우리가 이렇게 무신경하다는 사실이 참 재미있다. 그걸 우리는 잊고 있으며, 그런 무사태평함이 우리의 '명징한' 태도에 거짓의 의미를 부여하고 있

141

다는 걸 우리는 깨닫지 못한다. 당장, 최근 꿈에서 체험한 도살장의 야수성(내 주위의 모든 것이 엉망진창이었지만, 결국 진정되었다)이 나로 하여금 죽음이 유발하는 '위반'의 감정에 눈뜨게 한다. 내 눈에는 금속의 무진장한 부식 상태보다 소중한 것이 없다. 지면의 곰팡이를 가까스로 모면하는 양지바른 곳의 확신 또한 마찬가지다. 삶의 진실은 그 상극과 유리될 수 없으며, 우리가 죽음의 냄새로부터 도망치면, '감각의 일탈'이 그 냄새와 연결된 행복감으로 우리를 다시 데려간다. 중요한 건, 죽음과 그로 인한 삶의 무한한 재생을 우리는 구별할 수 없다는 사실이다. 한 그루의 나무가 숨겨진 뿌리의 그물망을 통해 대지를 그러쥐듯, 우리 역시 죽음을 움켜쥐고 있는 것이다. 다만 우리는 '정신적인' 나무일 뿐 — 그래서 툭하면 자신의 뿌리를 부정하는 것일 테다. 우리에게 어마어마한 비밀을 안겨주는 고통의 샘에서 정직하게 물을 긷지 못한다면, 결코 웃음의 열광에 이르지 못할 것이다. 그리고 계산으로 얼룩진 탁한 얼굴을 갖게 될 것이다. 음란 자체는 고통의 한 형태에 지나지 않으나, 그 분출에 워낙 '경쾌하게' 연결되다 보니, 온갖 고통 중에서 가장 풍요롭고, 가장 광적이면서, 가장 탐낼 만한 유형이 된 것이다.

때로는 구름까지 치솟게 해주고, 때로는 모래 위에 죽어 나자빠지게 방치하는 이 욕동(欲動)의 전모를 놓고 볼 때, 그 이중적 행태가 큰 문제인 것은 아니다. 나의 실패로부터 영원한 쾌락이 탄생한다는 상상은, 녹아웃 상태에서는 구차한 위안일 것이다. 심지어 다음과 같은 명백한 사실을 깍듯이 인정해야만 한다. 쾌락의 파랑(波浪)이란 단 하나의 조건 즉, 고통의 역류 현상 또한 그에 못지않게 끔찍하다는 전제하에서만 일어난다는 사실. 커다란 불행이 낳은 의혹은 오히려 쾌락을 만끽하는 이들, 행복이란 것을 불행의 어두운 후광 속에서만, 오직 변모된 상태로 감지하는 사람들을 깨우쳐줄 수밖에 없다. 그래서 이성은 양면성을 해결할 수가 없는 거다. 궁극의 행복은 그 지속을 내가 의심하는 바로 그 순간에만 가능하다. 반대로 내가 확신을 갖는 순간부터, 궁극의 행복은 무언가 거북한 것으로 변질되고 만다. 그렇게 우리는 오로지 양면적인 상태 속에서만 정신 차려 살아갈 수 있을 뿐이다. 더군다나 불행과 쾌락 사이에 극명한 차이점이란 존재하지 않는다. 불행의 의식은 언제나 이곳저곳을 떠돌기 마련이며, 가능한 쾌락의 의식은 공포 속에서조차 완전히 압살당하지 않는다. 고통을 현기증 나도록 증식시키는 것이 바로 쾌락의 의식이지만, 반대급부로 고문을 견뎌내게 해주는 것 역시 그 쾌락의 의식이다. 사물의 양면성에 그런 경쾌한 작동 원리가 워낙 현저히 구현되어 있기에, 우리는 세상을 무겁고 심각하게만 받아들이는 근심 가득한 사람들을 경멸의 눈으로 바라보지 않을 수 없다. 그런 뜻에서, 교회의 진정한 오류는 윤리와 도그마에 있다기보다, 일종의 놀이인 미극적인 것과 노동의 심표인 심각한 것을 혼동한 데서 찾아야 할 것이다.

한편, 자는 동안 꿈에서 겪은 비인간적인 호흡곤란 상
태는 전혀 심각한 성질의 것이 아니기에, 내가 결단을 내
리는 데 좋은 구실이 되어주었다. 숨이 막혔던 순간을 떠
올려보건대, 그 고통은 마치 '사고의 덫을 설치하는 데 필
수적인' 일종의 계책을 준비하는 과정 같았다. 나는 잠
시 시간을 할애해 그 상상의 고통을 되짚어보고 싶다. 그
것을 하늘의 터무니없는 광막함과 연결시킴으로써, 세상
과 나라는 개념의 본질, 투신이나 다름없는 그 '고민의 공
백 상태'를 경쾌함 속에서 찾고 싶은 거다. 내 죽은 동생
과 더불어 재미나게 연주한 가혹하고 불가항력적인, 정
신 나간 교향악 속에서, 방금 전 꿈꾸는 내 등줄기에 꽂힌
적대적인 손가락질은 — 어찌나 혹독한지 나는 비명을 지
를 뻔했으나, 찍소리조차 낼 수 없었다 — 결코 그래선 안
되지만 인정사정없는 광증이자, 내게 투신할 자유를 '촉
구하는' 격분의 제스처였다. 만사가 바로 거기, 그 꼿꼿하
고 잔인한 손가락질이 부추긴 격정에서 출발하고 있었다.
내 고뇌의 도가니 속에선, 그 무엇이든 뿌리째 뽑혀, 정신
번쩍 들 만큼 무자비한 고통의 경지로 치닫기 마련이었
다. 그러나 막상 잠에서 깨어나자, 눈앞에 E가 활짝 웃으
며 서 있는 것이었다. 그녀는 똑같은 옷, 아니 자기 방에
널브러져 있을 때와 똑같이 옷을 제대로 안 입은 상태였
다. 나는 꿈에서 미처 벗어나지 못한 상태. 풍성한 페티코

트를 갖춘 드레스의 후작 부인이라면 어울렸을 여유로운 자태, 알 수 없는 미소, 그 음성의 따스한 억양은 나를 지체 없이 삶의 환락으로 인도했다. 그녀는 말했다. "외람되지만… 몬시뇰…?" 확실치는 않지만, 무언가 불량한 인상이 의상을 더 자극적으로 느껴지게 했다. 그런데, 그녀는 마치 잠시도 더는 익살을 자제할 수 없다는 듯, 갈라져 터진 아랫도리를 얼른 보여주면서 허스키한 목소리로 이러는 것이었다. "나랑 하고 싶어요?"

마법에 홀린 듯, 광포한 빛줄기가 방 전체를 휘감고 있었다. 혈기 왕성한 자태로 찬란히 무장한 성 게오르기우스가 용을 짓밟는 것처럼, 그녀는 나를 덮쳤다. 하지만 그녀가 내게 가하려던 해악은 거칠게 옷을 벗기는 것이었으며, 그녀가 갖춘 무장이라고는 하이에나의 미소가 전부였다.

제 3 부

오레스테이아*

---

* 고대 그리스비극 시인 아이스킬로스가 지은 3부작 「아가멤논」, 「코이포로이」, 「에우메니데스」를 통틀어 이른다. 아가멤논의 아들인 주인공 오레스테스에서 유래한 것으로, 아가멤논이 피살괴 복수, 그 후 오레스테스의 행적으로 구성되어 있다.

오레스테이아
천상의 이슬
생명의 풍적(風笛)

거미들 바글거리는
숱한 망상의 밤
눈물의 비정한 게임
오 태양이여 내 가슴속 파고드는 죽음의 장검이여

쉬어라 내 뼈를 타고 내려와
쉬어라 너는 벼락이니
쉬어라 독사여
쉬어라 나의 심장이여

사랑의 강줄기들이 피로 붉게 물들고
바람은 살인자인 나의 머리채를 헝클어뜨렸다

운(運)이여 오 창백한 신성이여
심장 속에서 천둥 치는
벼락의 폭소
보이지 않는 태양이여
발가벗은 운이여

흰색 롱 스타킹 신은 운이여
레이스 속옷 입은 운이여.

불화

일천 채 집이 무너진다
일백 명 다음엔 일천 명이 죽는다
구름의 창가에서.

배를 가르고
머리를 잘라내면
도도한 밀운(密雲)의 그림자
광대한 천상 이미지.

하늘의 어두운 정점보다
더 높이
광란의 탈출구 속으로
더 높이
은은한 빛의 궤적은
죽음의 후광.

나는 피에 굶주렸다
피 젖은 흙에 굶주리고
물고기에 굶주리고 분노에 굶주리고
오물에 굶주리고 혹한에 굶주렸다.

나

빛을 탐하는 심장
애무가 아쉬운 복부
가짜 태양 가짜 눈
역병을 퍼뜨리는 말들

땅은 차가운 몸뚱어리를 좋아한다.

결빙의 눈물
속눈썹의 애매함

죽은 여자의 입술
누그러뜨릴 수 없는 치아

생명의 부재

죽음의 알몸.

거짓말, 무심함, 이빨 딱딱거리는 소리, 미칠 것 같은 행복, 확신을 지나

여기는 우물 밑바닥, 이에는 이로 죽음과 맞서, 눈부신 삶의 미립자 하나 쓰레기 더미에서 태어난다,

나는 외면하고, 녀석은 매달린다. 피맺힌 이마에서 가느다란 핏줄기 하나 흘러나와 내 눈물과 섞이고, 내 넓적다리를 적신다,

파렴치한 탐욕과 속임수에서 태어난 미립자,

하늘 높은 곳만큼이나,

비명을 자르는 폭발과 사형집행인의 순수함만큼이나 초연하다.

나는 내 안에 극장을 세운다
거짓 수면
목적 없는 트릭
나를 곤혹스럽게 만드는 수치심이 거기서 공연한다

희망이 없다
죽음
꺼진 촛불.

그러는 사이, 나는 나의 절규와 내 인생의 괴리감에 놀라며, 『10월의 밤(Les Nuits d'octobre)』을 읽는다. 요컨대, 나는 제라르 드 네르발(Gérard de Nerval)처럼 선술집과 하찮은 것들(좀 더 수상쩍은 것들?)이 그저 흐뭇하기만 하다. 티이*에 머물 때, 그곳 마을 사람들에게서 느꼈던 훈훈한 애정이 떠오른다. 비와 진창, 추위가 물러나면 술집 여걸들은 (진흙투성이 장화를 신고 고주망태가 된) 덩치 큰 농장 일꾼들의 코(주먹코)와 술병들을 자유자재로 다루었다. 밤이면 변두리 유행가가 투박한 목청들을 내내 슬피 울렸고, 광장에는 흥청망청 이어지는 술판과 함께 아가씨들 웃음소리와 방귀 소리가 끊이질 않았다. 나는 지저분한 (그리고 추운) 방에 누워 수첩에 무언가를 끼적이면서, 그들의 삶에 귀 기울이기를 즐기곤 했다. 노래의 흥취와 고함의 열기에 기분이 좋아져, 권태의 그림자는 전혀 느껴지지 않았다.

* Tilly. 외르(Eure) 주의 마을로, 45세의 바타유가 결핵 요양차 체류했던 곳.

성전 지붕*

이제 나로서도 우회할 길이 전혀 없을 것 같은 결전의 느낌. 더 이상 싸움을 피할 수 없을 거라는 확신이 들자 나는 두렵다.

"나는 질문을 잊어먹곤 한다"가 곧 답변이 되지 않을까?

나는 어제 내 거울을 상대로 이야기한 것 같았다.

나는 불안이 인도한 어느 지역을 번갯불에 비추어 제법 멀리까지 들여다보는 것 같았다…. 문장 하나를 통해 틈입한 감정. 어떤 문장인지는 잊었다. 줄을 끊는 딸깍 소리처럼, 인지 가능한 변화를 동반한 문장이었다.

나는 초자연적인 존재의 동작처럼 지각을 따돌리는, 어떤 후퇴의 움직임을 감지했다.

그보다 더 초연하고 악의에 반하는 것은 없었다.

내 입으로 단언한 것을 결코 취소할 수 없다는 사실이 어떤 가책처럼 다가왔다.

무언가 용납되지 않는 압박으로 인한 불편함처럼.

밤의 불확실성 속에서, 미세하지만, 불시에 다가드는 운을 거머쥐고 싶은 — 전율하는 — 욕망. 그 욕망이 아무리 강력하다 해도, 나는 침묵을 지킬 수밖에 없었다.

밤에 홀로, 이 무기력한 감정에 짓눌려, 나는 여전히 책을 읽고 있었다.

나는 「베레니스」를 통독했다(제대로 읽은 적이 없었다). 서문의 딱 한 문장이 내 눈길을 끌었다. "…이 장엄한 슬픔이 비극의 모든 쾌감을 이룬다." 나는 「갈가마귀」*를 프랑스어로 읽었다. 나는 감염되어 일어섰다. 일어서서 종이를 집어 들었다. 열에 들떠 허겁지겁 책상으로 다가간 것을 나는 기억한다. 그래도 침착한 상태였다.

나는 썼다.

모래 폭풍이
엄습했다

* 단편소설 「베레니스(Berenice)」와 시 「갈가마귀(The Raven)」는 에드거 앨런 포(Edgar Allen Poe, 1809–49)의 작품들이다.

밤에 그것이
먼지의 장벽처럼 닥쳐왔다거나
유령의 회오리로 몰려왔다고
나는 말할 수 없다
그것이 내게 말했다
당신 어디 있어
당신을 못 찾겠어
하지만
그것을 본 적이 없는 나는
차가운 공기에 대고 소리쳤다
정신 나간 년아
너는 누구냐
그리고 왜
나를 못 잊는 척하느냐
바로 그 순간
땅이 꺼지는 소리가 들렸다
나는 달렸다
건너갔다
끝없는 들판을
나는 쓰러졌다
들판도 쓰러졌다
끝없는 오열 들판 그리고 나 모두
쓰러졌다

별 하나 없는 밤
무수히 점멸된 공허여
그런 절규가
그토록 오랜 추락으로
그대를 관통한 적이 있는가.

동시에 사랑이 나를 불살랐다. 나는 단어들로 한정되어 있었다. 갖고 싶지만 접근할 수 없는 알몸의 여인을 눈앞에 둔 것처럼, 나는 공허 속 사랑으로 소진되었다. 심지어 욕망을 드러낼 수조차 없다.

멍한 상태. 시간도 늦었고 몸도 지쳤지만 잠자리에 들수가 없다. 나는 일백 년 전 키르케고르처럼 나 자신에 대해 말할 수 있을 것 같았다. "나는 방금 공연이 끝난 무대처럼 머리가 텅 비었노라."

내 눈앞의 공허를 골똘히 응시하자, 즉시 격렬하면서 과도한 손길이 그 속으로 나를 이끈다. 그 공허를 나는 보면서도 아무것도 보지 못하는데, 정작 공허 자체는 나를 끌어안고 있었던 거다.

내 몸은 경직되어 있었다. 그것은 하나의 점 크기로 줄어들어야만 하는 것처럼, 오그라들었다. 바로 그 내면의 점에서 공허를 향해 지속적인 섬광이 뿜어져 나가고 있었다. 나는 입을 벌리고 이를 드러내며 얼굴을 찡그렸고 또 웃었다.

172

나는 죽은 자들 가운데 몸을 던진다

밤은 나의 나체
별들은 나의 치아
나는 죽은 자들 가운데 몸을 던진다
하얀 햇살 걸친 채.

죽음이 내 심장에 산다
왜소한 과부처럼
그것은 흐느껴 운다 비굴하다
나는 겁난다 토할지도 모른다

과부는 하늘에 닿도록 웃는다
그리고 새들을 찢어발긴다.

내 임종의 자리에
별들의 말[馬]들인 이빨들이
웃어젖혀 울부짖는다 나 덥석 죽음-문다

일소된 죽음
축축한 무덤
외팔이 태양

죽음의 이를 드러낸 무덤 인부가
나를 지워버린다

까마귀처럼 비행하는 천사가
소리친다
　　　　　그대에게 영광을

나는 관들의 비어 있음이다
우주 전체에서
나의 부재다

환희의 나팔들이
미친 듯이 울어댄다
하늘의 공백이 폭발한다

죽음이 천둥이

우주를 채운다

과도한 환희가
발톱을 숨긴다.

나는 상상한다
내가 아는 하늘과는 아주 다른
무한한 심연 속
황량한 영역을
흔들리는 빛의 점들은 거기 더 이상 없고
하늘보다 거대한
화염의 격류가
새벽처럼 눈부시다

균열들 촘촘한
무정형의 추상
망각의 허망의
축적물
한쪽에는 주체인 나
다른 쪽엔 객체인
죽은 개념들의 지리멸렬한 우주
그 안에 나는 각종 폐기물
무기력
딸꾹질
관념의 지리멸렬한 닭 울음소리를 울면서 던져 넣는다

의치 보관용 상자처럼
무한한 허영의 공장에서 제조된
오 허무여

바로 그 상자를 들여다보는 나
욕구를 토하고픈 욕구를 느끼는
나

오 파탄이여
나를 잠재우는 엑스터시여
내가 비명을 질러도
내가 더 이상 존재하지 않아도
존재하고 존재할 그대
귀머거리 X
내 머리통 박살 내는
거대한 망치.

반짝이는 빛
하늘의 정점
땅
그리고 나.

내 가슴이 너를 뱉어낸다 별

비할 데 없는 불안

나는 웃지만 춥다.

오레스테스로 존재하기

도박판은 덧없는 가능성의 장(場)에 내가 주사위처럼 내던져진 별빛 총총한 밤이다.

'그것이 잘못됐다고 생각할' 이유가 내게는 없다.

밤으로의 맹목적인 추락을 통해, 나는 나(내 안에 이미 결정된 부분)도 모르게 내 의지를 넘어선다. 내가 두려운 것은 무한한 자유의 외침이다.

내가 투신을 통해 '이미 결정된 정태적' 자연을 뛰어넘지 못한다면, 나는 제반 법칙들에 의해 규정된 존재가 된다. 하지만 자연은 나를 갖고 게임을 할 것이며, 범인(凡人)들이나 좋아할 한계와 법칙들을 뛰어넘어, 자연 자체보다 더 멀리 나를 내던질 것이다.

나는 게임의 결과물이며, 내가 아니었다면 존재하지 않았을, 존재하지 않을 수도 있었을 그 무엇이다.

나는, 광막한 세계의 품 안에서, 그 광막함을 넘어서는 어떤 초과 분량이다. 나의 행복과 내 존재 자체가 그런 초과 성질에서 기인한다.

한때 나의 아둔함은 신 앞에 무릎 꿇은 자상하기 짝이 없는 자연을 칭송해 마지않았다.
그럼에도 불구하고 나라는 존재(취한 나의 웃음, 행복)는 게임의 대상이 되어, 우연에 내던져졌고, 밤에 문밖으로 쫓겨나, 개처럼 내쳐졌다.

진실의 바람은 믿음으로 내민 뺨에 따귀를 호되게 갈김으로써 대답해주었다.

정신은 반항한다는 점에서 인간적이다(이는 곧 인간이 된다는 것은 '법칙에 굴종하지 않음'을 의미한다는 얘기다).

시인이란 자연을 전적으로 정당화하지 — 용인하지 — 않는 법이다. 진정한 시는 법칙들 밖에 존재한다. 그러나 시는, 결국, 시를 용인하고야 만다.

시를 받아들이는 것이 시 자체를 그 반대의 것으로 변질시키는 순간(시가 받아들임의 매개체가 되는 순간)! 나는 우주를 초과할 투신 행위를 억제하는 것이며, 결정된 세계를 정당화하고, 그것에 만족하는 셈이다.

나를 에워싸는 것에 나를 편입시키다니! 나를 해명하거나, 헤아릴 수 없이 깊은 나의 밤으로부터 아이들을 위한 우화밖에 끄집어내지 못하다니(나 자신에 관해 물리적이거나 신화적인 이미지를 제시하다니)! 말도 안 돼…!

차라리 나는 게임을 포기할 터….

나는 거부하고, 반항한다. 하지만 왜 길을 잃고 헤매겠는가. 내가 광분하는 것은, 단지 내가 자연 그대로이기 때문일 것이다.

시적 광기는 자연 속에 자기 자리를 가지고 있다. 그것은 자연을 정당화할뿐더러, 미화하는 것을 용인한다. 거부한다는 건 명징한 의식에 속하며, 그에 벌어지는 현상을 저울질하는 가운데 가능한 일이다.

가능성의 다양한 양상들을 명료하게 구별해내는 능력, 가장 먼 경지까지 추구하는 자질은 침착한 주의력에 속한다. 되돌릴 길 없이 나 자신을 내던지는 게임, 주어진 모든 것을 뛰어넘어 돌진하는 자세에는 무한정한 웃음뿐 아니라 완만한 (광적이되 과도하지 않은) 사색도 요구된다.

그것은 애매모호하고 불확실한 영역이다. 시는 밤과 낮으로부터 똑같이 떨어져 있다. 그것은 나와 연결된 이 세상에 이의를 제기할 수도, 적극 동참할 수도 없다.

그래도 위협은 엄존한다. 자연은 나를 소멸시킬 수 있다. 나를 자연 그 자체로 환원시킬 수 있고, 자연을 넘어 더 먼 경지까지 내가 도전한 ─ 나의 광기와 유희, 무한한 각성 상태를 요구하는 ─ 게임을 말살할 수도 있다.

태만은 게임을 철회하는 요소이나, 과도한 주의 집중 또한 마찬가지 결과를 초래한다. 웃음 섞인 열광과 터무니없는 투신, 명징한 평정 상태는 운이 다할 때까지, 혹은 목숨이 다할 때까지 게임 하는 자에게 꼭 필요한 덕목이다.

내가 시에 다가갈수록 시는 내게 결핍의 대상이다.

자연을 초과하는 게임에서, 내가 자연을 뛰어넘느냐 자연이 나를 통해 그 자신을 넘어서느냐는 그다지 중요한 문제가 아니다(어쩌면 자연 자체가 그 자신의 과잉을 의미하는지 모른다). 하지만 시간 속에서 과잉이란 것은 결국 사물의 질서로 편입되기 마련이다(그때가 오면 나는 죽을 것이다).

　명백한 불가능 속에서 가능한 것을 거머쥐기 위해, 나는 우선 상황의 전복을 가정해보아야 했다.

　가령 내가 합법적 질서에 나 자신을 가두고자 한다면, 그 일이 달성될 가능성은 거의 없다. 중구난방으로 — 철두철미하지 못한 방식으로 과오를 범할 것이기 때문이다….

반면 철두철미한 자세가 극에 달할 경우, 질서의 요구엔 워낙 막강한 힘이 실리므로 그 자체가 전복되기는 불가능하다. 독실한 신앙인(신비주의자)의 경험에 비추어 보면, 신이 점지한 사람은 탈도덕적 무의미의 정점에 위치하게 된다. 신앙인의 사랑은, 만약 자신이 직접 내면화했다면 스스로 무너져 무릎부터 꿇었을 과잉을 — 그가 동일시하는 대상인 — 신을 통해 현실화하는 것이다.

　　어떻게든 질서로 환원하는 일은 실패하게 되어 있다. 판에 박힌 (과잉이 없는) 신앙은 지리멸렬한 상태에 이르고야 만다. 요컨대 성공 가능성은 전도된 시도에 실리기 마련이다. 우회로들(웃음, 끊이지 않는 구토 같은 것들)을 이용해야만 한다. 그러한 것들이 시도되는 국면에서는, 각 요소가 그 반대되는 것으로 끊임없이 변화한다. 신이 별안간 '무지막지한 위대성'을 떠안든지, 시가 미화 작업으로 슬그머니 둔갑하는 일이 벌어진다. 내가 목적 달성을 위해 노력을 기울일 때마다, 그 대상은 정확히 반대되는 어떤 것으로 변한다.

　　시의 광채는 죽음의 무질서를 통해 시가 다다른 상황들 밖에서 드러난다.

(시의 광채에 좌절의 광채를 첨가한 시인 두 명*을 예외적인 존재로 간주하는 것에 대부분 의견을 같이한다. 그 둘의 이름에는 애매함의 여지가 있겠으나, 두 명 다 시의 의미를 철저히 퍼 올린 나머지 시 자체가 그 정반대의 것으로, 시에 대한 증오감으로 귀결된 경우에 해당한다. 시의 무의미로까지 치솟지 않은 시는 시의 공허, 그저 아름다운 시에 불과하다.)

* 랭보와 로트레아몽으로 추측.

이 뱀들은 누구를 위함인가…?

미지의 세계 그리고 죽음… 그와 같은 여정에서 유일하게 굳건한 소의 묵묵함 같은 건 없다. 한 치 앞도 안 보이는 그 미지의 세계에서 나는 굴복한다(가능한 것들의 체계적인 소진을 나는 단념한다).

시는 자아의 인식이 아니며, 아득하지만 가능한 (전에는 그렇지 않았던) 세계의 경험은 더더욱 아니다. 그것은 도달할 수 없는 가능성들에 대한 언어적 환기일 뿐이다.

언어적 환기는 체험에 비해 보다 풍요롭고 무한정 수

월하다는 장점을 가지고 있지만, 체험 자체에서 멀어지게 한다(본질적으로 마비된 경험).

환기의 풍성함이 없다면, 체험은 합리적일 것이다. 내가 환기의 무능함에 넌덜머리를 내는 순간부터, 체험은 나의 광기로부터 파열하기 시작한다.

시는 욕망의 과잉에 밤을 개방한다. 시에 유린당한 밤은 내 안에서 거부의 — 세계를 넘어서려는 나의 광기 어린 의지의 — 척도로 기능한다. 시 또한 이 세계를 초과해 왔지만, 나의 변화를 이끌어내지는 못했다.

내 가공(架空)의 자유는 자연이 부과한 구속을 파괴하는 이상으로 더욱 공고히 했다. 만약 내가 그것에 만족했다면, 그 부과된 한계에 나는 결국 종속되고 말았을 것이다.

나는 세상의 한계를 계속해서 추궁하는 가운데, 그것에 만족하는 자의 비참함을 말소시켜왔다. 나는 허구의 수월함을 오래 참아낼 수 없었다. 나는 실재를 원했다. 나는 미쳐갔다.

내가 거짓말을 했다면, 나는 시의 차원, 세계에 대한 언어적 극복의 차원에 머물렀을 것이다. 내가 세계에 대한 맹목적인 혈뜯기에 치중했다면, 그 혈뜯기는 (언어적 극복과 마찬가지로) 가짜였을 것이다. 어떤 의미에서는 세계와 나의 화합이 심화되고 있었다. 그러나 일부러 거짓말을 할 수는 없었기에, 나는 미쳐버렸다(진실을 무시할 수 있었다). 혹은 나 혼자만을 위한 광란의 희극을 더는 펼칠 수 없었기에, 내적으로 더더욱 미쳐버린 거다. 밤을 체험한 거다.

시는 우회로일 뿐이었다. 내게 이미 자연스러운 세계가 되어버린 담화의 세계를 나는 그 우회로를 통해 피해갔다. 나는 그 길을 걸어, 논리적 세계의 죽음을 통해 가능한 것의 무한성이 탄생하는 일종의 무덤으로 들어갔다.

논리는 죽어가면서 광란의 풍요를 분만해왔다. 하지만 그로 인해 환기된 가능의 세계는 비현실적일 뿐이며, 논리적 세계의 죽음 또한 비현실적이다. 그 상대적인 어둠 속에서는 모든 것이 미심쩍고 무상하다. 그 속에서 나는 나 자신과 더불어 타인들까지 농락할 수 있다. 모든 비현실이 무가치하며, 모든 가치가 비현실적이다! 내가 거짓말을 하는지, 혹은 미쳐 있는지 나 자신도 모르는 의미 변동의 이 수월함과 숙명성은 바로 거기서 유래한다. 밤의 필요성이 그런 열악한 상황에서 발생하는 것이다.

밤은 우회로를 감수할 수밖에 없었다.
모든 사물에 대한 이의 제기는 공허를 대상으로 할 수

없는, 욕망의 고조 상태로부터 태동해온 것이다!

내 욕망의 대상은 첫째가 환상이었고, 각성 상태의 공허함은 둘째일 수밖에 없었다.

욕망을 수반하지 않은 문제 제기는 형식적이고 타성적이다. 가령 "그것이 바로 인간이다" 같은 말은 그런 데서 나올 수 있는 것이 아니다.

시는 미지의 것에 깃든 힘을 드러내준다. 그런데 미지의 것이란 욕망의 대상이 아닐 경우, 별 볼 일 없는 공허에 지나지 않는다. 시는 하나의 절충안이며, 미지의 것으로 기지의 것을 은닉한다. 시는 태양의 외관과 눈부신 색채로 치장된 미지의 세계다.

권태, 초조, 사랑이 빚어지는 숱한 형상들에 눈이 멀었다. 이제 내 욕망의 대상은 단 하나, 그 수많은 형상들 너머의 세계와 밤.

그러나 밤에 욕망은 거짓말을 하고, 그런 식으로, 밤은 욕망의 대상으로 나서기를 중단한다. 나의 주도로 '밤을 관통한' 이 실존은 사랑하는 이의 죽음에 임하는 연인의 실존, 헤르미오네의 자살 소식을 접하는 오레스테스의 실존을 닮았다. '그것이 기대해온 것'을 밤이라는 형질 안에서는 찾을 수가 없다.

옮긴이의 글

바타유(Bataille)와의 전투(bataille)

욕망
le Désir

"욕망은 그 자신이 스스로를 부정하려는 욕망임을 사전에 알 수 없다."
— 조르주 바타유, 「『불가능』 주변(Autour de L'Impossible)」* 중

욕망은 자기 안에서 식별 가능한 세계에 꽃을 심고 물을 준
다. 그렇게 세계를 구체화하여 스스로를 해방하려는 욕망
의 전략은, 그러나 이 전투에서 거듭 좌절된다. 부재(不在)
와 부정(否定), 죽음의 글쓰기가, "미쳐버릴지도 모른다"는
두려움, 그 두려움을 귀신쫓기 하겠다는 의지로 작동하면
서 엄청난 모순을 구현하기 때문이다. 욕망의 지향은 가능
한 현실을 만들어내지만 욕망의 과잉, 과잉인 욕망은 그 자
체가 불가능의 심연으로 화한다. 단연코, 존속(存續)은 그의
존재 양태일 수 없다. 불꽃, 꿈, 폭소를 관통하는 급격한 소
진(消盡)이 그를 형상 너머의 어둠, 어둠의 위반인 빛의 작
렬로 투신토록 다그치기 때문이다. 문장(文章)은, 욕망에 가
해진 폭력의 흔적은, 그 모든 현기증을 담아낼 수밖에 없다.

* 조르주 바타유가 쓴 『불가능』 관련 메모 중 발췌. 갈리마르 출판사(Éditions Gallimard)
에서 비블리오테크 드 라 플레이아드 총서(Bibliothèque de la Pléiade)로 출간된 『소설과
단편(Romans et récits)』(2004)에 실려 있다.

197

불안
l'Angoisse

> "우리 내면의 불안은 실체가 없다.
> 그것의 본질은 두려움이기보다, 게임을 향한 갈증이다."
> — 바타유, 같은 글

출구 없음. 그것은 쥐의 종잡을 수 없는 통행로를 상상하게 만들고, 토르소(torso)의 관능을, 심연의 현기증을 유발하여, 불안의 쾌감에 중독되게끔 의식을 몰아 가두는 자유의 망상이다. 파멸의 기대감에 사로잡힌 자의 파멸할지도 모른다는 불안감은, 그 역설의 체위로 보아, 성적 흥분으로 번역되기에 충분하다. 다만, 실존을 범람하는 의식이란 언제나 과잉의 비생산적 소모를 촉구하기에, 나는 의미의 우회로가 되어줄 문맥을 열어둔다. 불안을 불러일으키는 연결 고리들을 체결하기 위해 각성의 순간마다 가시철조망을 둘러치는 '작은 죽음'들. 에로티시즘은 죽음을 향해 열리고, 죽음은 개체의 존속에 대한 부정을 향해 열려 있다.

죽음
la Mort

문학이 자유의 약호 체계인 한, 삶이 죽음을, 죽음이 삶을 표기(表記)하는 것은 타당하다. 만약에 누군가 격앙 상태의 망상인 관능에 몰입하여, 그 몰입을 자기 파괴의 신성한 차원으로까지 밀고 나갔다면, 그것은 존재의 전격 이동인 죽음이 달성된 것으로 기록되어야 마땅하다. 죽음은 삶이 해독해내지 못하는 삶의 내밀함을 폭로한다는 점에서 폭력의 기호다. 심장을 틀어쥐는 쾌락이 메타포의 연쇄반응을 통해 질식으로까지 치닫는 호흡, '죽음까지 파고드는 삶'에 다다름을, 그와 나는 안다. 소멸하는 것에 대한 극단의 숭배(cult)가 오로지 시의 문법으로만 약호화(略號化)될 수 있는 이유다. 고통과 희열, 에로틱한 황홀경과 신비적 황홀경이 융합하는 모든 유형의 한계 체험은 죽음의 시니피앙이다.

공허
le Vide

체험이란 항상 가능의 끝, 공허의 경계를 향한 여정이다. 그것은 가능의 규격을 이루는 모든 기지(旣知)의 가치와 권위에 대한 전면적인 부정을 전제한다. 이 여정 속에 구축되는 것이 바로 과잉의 윤리다. 과잉의 윤리는 '운(運)의 절대권'을 추앙하고, 불가능한 시도를 모색하는 자에게 금기와 위반의 룰을 제시한다. 위반은 금기의 폐지가 아니라 금기의 전위(轉位), 한계의 이동을 의미하므로, 공허의 경계는 무한히 유동적일 수밖에 없다. 눈앞의 심연이 끝없는 투신을 부르는 이유가 거기에 있다. 투신하는 자의 뇌리에 신학적 의미의 피안(彼岸)이란 존재하지 않는다. 투신을 위한 투신, '위반을 위한 위반'이 게임의 이름이다.

불가능
l'Impossible

도대체 존재 의미 즉, 존재와 의미의 수렴이라는 것이 가능한가? 의식과 무의식, 가지(可知)와 불가지(不可知)의 무한정한 충돌이 불러오는 언어의 비가역적 교란 상태 속에서 의미는 존재를, 존재는 의미를, 끝없이 벗어난다. 존재와 의미의 브라운 운동이 불러일으킨 이야기의 가사 상태(假死狀態) 속에서 언어의 지시 기능이 소진되는 가운데, 이미지의 폭력적인 전의(轉義, trope)는 담화의 논리가 아닌 다른 차원의 논리를 향해 다시 무한정 비약하고. 그는 증오가 시의 힘임을 입증한다. 존재의 투신, 의미의 급전환을 가속화하여 글쓰기의 이탈 작업이 가능해지는 그곳이 바로 불가능의 임계점(臨界點)임을.

성귀수

조르주 바타유 연보

1897년—9월 10일, 조르주 알베르 모리스 빅토르 바타유 (Georges Albert Maurice Victor Bataille)가 프랑스 남부 오베르뉴 지방 퓌드돔 주의 도시 비용에서 태어난다. 그는 조제프 아리스티드(Joseph Aristide, 1853–1915)와 마리앙투아네트(Marie-Antoinette, 1868–1930) 사이의 차남이다. 부계는 부르주아 가문이었고, 모계 쪽은 농업과 목축업에 종사했다. 출생 당시 바타유의 아버지는 매독 환자이자 맹인이었다.

1898년—8월 7일, 랭스의 생앙드레 성당에서 세례를 받는다. 랭스는 그의 아버지가 파리에서 의학 공부를 시작했다가 다양한 직종을 거쳐 수납계원으로 일하면서 정착한 도시였다.

1900년—바타유의 아버지는 매독에 의한 마비성 치매에 걸리고, 폐결핵에 시달린다. 바타유 작품 중 『아이(Le Petit)』와 『눈 이야기(Histoire de l'œil)』 중 「일치들(Coïncidences)」, 후에 '회상들(Réminiscences)'이라는 제목을 단 글은 이러한 유년기의 기억이 중요한 자리를 차지하고 있음을 드러낸다.

1903–11년—공격적 성향의 조르주는 자기보다 큰 동급생들과 자주 싸우곤 했다. 랭스의 고등학교에서 학업 성적은 형편없었다. 「일치들」에 그가 쓴 바에 따르면, 열네 살경 바타유의 아버지에 대한 사랑은 "무의식적이고 깊은 증오"로 바뀌게 된다.

1912–3년—1912년 12월, 아버지의 정신착란적 발작 넉 개월

이전에, 바타유는 학업을 그만두겠다고 밝힌다. 1913년 1월 다시 학교로 보내진 그는 동급생들과 어울리지 않는다.

그해 10월, 그는 에페르네의 남학교에 기숙생으로 들어가, 동창생 중 열렬한 기독교 신자인 폴 르클레르(Paul Leclerc)와 친해진다. "종교 바깥에서 자랐던" 조르주는 이렇게 가톨릭교로 기울게 된다.

1914년—7월 22일, 바칼로레아의 첫 단계 자격을 획득한다.

8월, 독일군의 전진에 쫓겨, 바타유는 불구의 아버지를 간병인에게 맡기고 어머니와 함께 랭스를 떠나 캉탈에 있는 외조부 집에 정착하고 학업을 중단한다.

9월 4일 랭스를 침공했던 독일군이 12일 떠난다. 19일부터 랭스 대성당이 폭격을 맞아 일부 불탄다. 바타유는 분명 이 당시 「랭스의 노트르담(Notre-dame de Rheims)」을 구상했을 것이다(1918년 6월 참조).

바타유는 랭스로 다시 돌아가고 싶어 했다. 『죄인(Le Coupable)』(1944)에 따르면, 랭스로 돌아가겠다는 생각으로 인해 그의 어머니가 우발적 광증을 보였던 것 같다. 후에 의사가 되어 그와 깊은 우정을 맺게 될 조르주 델테유(Georges Delteil)의 아버지 쥘(Jules) 박사의 치료를 받은 그녀는 그 후 몇 달간 조울증 상태에 머물렀으며, 두 번 자살 시도를 한다.

1915년—그의 어머니는 회복되지만 랭스로 돌아갈 것을 거부한다. 독실한 신자가 된 바타유는 생조르주 성당에서 오랜 시간을 보낸다.

11월 6일, 아버지 조제프 아리스티드가 "가톨릭 사제의 방문을 거부한 채" 사망한다. 바타유는 어머니와 함께 장례식에 참석하기 위해 랭스로 돌아온다.

1916년—1월, 렌에서 군 생활을 하게 된다.

1917년—1월 23일 제대한 바타유는 리옹에스몽타뉴로 돌아온다. 돈과 시간이 부족했던 그는, 생플루르 예비 신학교 교사였던 장 샤스탕(Jean Chastang) 신부와 서신을 주고받는 방식으로 바칼로레아의 두 번째 단계 자격증을 취득한다. 이 시기부터 니체의 『차라투스트라는 이렇게 말했다』를 읽기 시작한 듯하다.

　　바타유는 파리 국립 고문서 학교(École des Chartes)에 들어가고자 했으나 수도승이 될 생각도 하고 있었기에 주임신부 레옹 두에(Léon Douhet)와 친분을 맺는다. 신부의 중개로 바타유는 장가브리엘 바슈롱(Jean-Gabriel Vacheron)과 알게 되는데, 바슈롱은 바타유에게 수도승의 길을 강권한다. 특히 생플루르 신학교에서 바타유는 두 신학생을 만나게 되는데, 그중 한 명은 후에 툴루즈 대주교가 될 쥘 살리에주(Jules Saliège)이고, 또 다른 이는 외젠 테롱(Eugène Théron)이다.

　　11월 30일(혹은 12월 7일), 바타유는 견진성사를 받는다. 그러나 곧 자신이 "이전의 나약함", 즉 육신이 저지르는 죄와 글쓰기에 대한 "강박적 습관"에 다시 빠지게 된 점, 특히 여성과의 사랑에 대한 끈질긴 몽상에 대해 고해한다.

1918년—1월, 종교적 소명에 대해 주저하며 바슈롱에게 편지를 쓴다. "저는 신학교를 즉각 떠나는 것이나 어머니를 홀로 두는 것에 대해서는 생각도 할 수 없습니다." 사실 바타유는 조르주 델테유의 여동생인 마리(Marie)와 사랑에 빠져 있었는데, "가정이 있는 삶이라는 포근한 이상"을 실현하고자 하는 욕망과 "신을 섬기려는" 욕망 사이에서 몸부림쳤다.

　　6월, 비다유는 라바트느에 있는 예수회 수도원에서 피정했다.

그는 이나시오 드 로욜라(Ignacio de Loyola)식 예수회 규율에 따른 묵상 수련을 체험한 듯하다. 이 수련에서 그는 나중에 자신이 '내적 체험'이라 부르게 될 것에 접근하기 위한 기술을 찾아보려 했으나 충분치 못했고, 이때의 5일 피정은 이것이 그의 소명이 아니라는 확신을 갖게 했다. 바슈롱과 라바르드 예수회원들의 권유로 그는 자신의 시 「랭스의 노트르담」을 산문으로 옮기기 시작한다(이 글은 같은 해 6쪽 소책자로 출판되었다).

바타유는 파리 국립 고문서 학교 1학년 학생이 된다.

1919년—첫 진급시험을 통과하고 2학년 장학생이 된다.

8월 9일, 절친히 지냈던 사촌 마리루이즈(Marie-Louise)에게 쓴 편지에서, 계속해서 "인간 혐오증 때문에 몸이 뒤틀린다"고 말한다. 그는 다른 여인과 사랑에 빠져 있음에도 마리 델테유와 결혼하기로 결심한다. 델테유 박사는 바타유 아버지의 유전병을 우려해 결혼을 반대한다. 이 때문에 자살을 생각하기도 했던 바타유는 40년 뒤 "오직 마리만이 나를 꿈꾸게 만들었던 여성"이라고 고백한다.

1920년—3학년이 된다. 대영박물관 조사를 위해, 그리고 필시 『중세 기사 수도회(L'Ordre de Chevalerie)』의 세 가지 수사본과 발견된 지 얼마 되지 않았던 『기욤의 노래(Chanson de Guillaume)』 수사본을 열람하기 위해 런던을 방문한다. 영국 체류 이후 그는 "갑자기 신앙을 잃게 되었다. 그의 가톨릭교가 사랑하는 여인으로 하여금 눈물을 흘리게 만들었기 때문"이다. 사실 그는 모든 믿음에서 조금씩 멀어져가고 있었다.

이 시기부터 콜레트 르니에(Colette Renié)와의 우정이 시작된 것으로 보인다. 역시 파리 국립 고문서 학교 학생이었으며

후에 동양 언어 학교의 도서관 사서가 되는 그녀에게 바타유는
자신의 시들을 읽히게 된다. 바타유는 르콩트 뒤 노위 부인(Mme
Lecomte du Noüy)과도 알고 지냈으며, 덕분에 학생의 삶과는
"매우 이질적인 영역들"을 맛보게 되었다.

이즈음 두 편의 소설, 『장티안 성의 안주인(La Châtelaine
Gentiane)』과 『랄프 웹(Ralph Webb)』을 쓴 것으로 보인다.

1921년—논문 자격시험을 치를 것이 승인된다. 그의 논문
제목은 '중세 기사 수도회: 서문과 주석이 달린 13세기의 운문
콩트(L'Ordre de Chevalerie: Conte en vers du XIIIème
siècle, publié avec une introduction et des notes)'로, 이는 레옹
고티에(Léon Gautier)의 작품 『기사단(La Chevalerie)』에서
영감을 받아 선택한 주제인 듯하다.

이때 이탈리아를 방문했고, 이 여행은 『니체에 대하여(Sur
Nietzsche)』(1945) 중 웃음의 체험을 다룬 한 문단에 언급되어 있다.

1922년—1월 30일, 논문 심사를 마친다. 교육 실습 자문
위원회로부터 교육부 장관의 주목을 받을 만한 논문으로 지명된다.

2–9월, 두 번째 진급을 한 바타유는 문서 기록 보관 및
고문서 학사 자격을 얻게 되며, 마드리드에 있는 스페인어권
문화 고등 연구원에 참여할 것을 요청받는다. 마드리드뿐
아니라 세비야, 톨레도에 머무르면서 바타유는 중세의 문서들을
연구하고 발견한다. 그는 또 중세의 수사본과 문서 몇 편을 편집할
계획을 세우고, "거의 마르셀 프루스트 같은 문체의" 소설을
하나 구상한다. 그에게 계시와 같은 사건이 일어나는데, 바로
5월 7일 마드리드의 투우 경기장에서 일어난, 투우사 마누엘
그라네로(Manuel Granero)의 죽음을 말한다(그의 소설 『눈

207

이야기』중「그라네로의 눈」이 이와 관련되어 있다). 6월 파리 국립도서관 견습 사서로 임명된 그는 프랑스로 돌아와 7월 17일부터 간행물 부서에서 일하기 시작한다.

7–12월, 니체를 읽고, 도스토옙스키의『영원한 남편』과 지드의『지상의 양식』을 읽는다. "지상 사물들의 베아트리스" 콜레트 르니에와의 서신에 따르면, 바타유는 지드의『팔뤼드 (Paludes)』를 읽은 뒤 자신의 시들 중 하나를 불태워버리게 되었다. 이 시기에 그는 콜레트에게 "완전히 괴물 같고" 또한 "완전히 아름다운" 한 여성과의 덧없는 관계에 대해 고백한 것으로 보인다.

1923년—2월,『정신분석학 입문』을 읽음으로써 프로이트를 발견한다. 고등교육 실용 연구원에서 마르셀 모스(Marcel Mauss)의 수업을 수강하던 알프레드 메트로(Alfred Métraux)와 가깝게 된다. 메트로는 바타유에게 모스의 작품을 소개한다.

11월, 동양 언어 학교에 등록해 중국어를 공부하기 시작한다. 또한 러시아어 강의를 청강한다. 이 수업에서 파리에 이주해 있던 러시아 철학자 레프 셰스토프(Lev Chestov)와 만나게 되는데, 셰스토프는 바타유에게 반이상주의자로서의 니체를 다시 읽도록 권하고 도스토옙스키와 플라톤, 키르케고르, 파스칼을 알게 하는 등 깊은 영향을 미친다.

소설『에바리스트(Evaristes)』의 집필은 보다 이른 때에 시작된 것으로 보인다.

1924년—4월 15일, 메달 및 주화 전시관 견습 사서로 이동된다.

7월 3일, 6급 사서로 임명된다.

10월 즈음, 국립도서관 사서 자크 라보(Jacques Lavaud)의 중개로 미셸 레리스(Michel Leiris)와 만나게 된다. 레리스,

라보와 함께 바타유는 다다이즘의 미숙한 부정주의에 반대하여 "그렇다(Oui)"라는 문학 운동과, 발행 본부를 매음굴에 두는 잡지의 창간을 기획한다. 10월 15일 『초현실주의 선언(Manifeste du surréalisme)』이 출판되었으나 바타유는 별다른 영감을 느끼지 못한다. 레리스 덕분에 바타유는 화가 앙드레 마송(André Masson)과 접촉하게 되는데, 나중에 마송은 장 포트리에(Jean Fautrier), 알베르토 자코메티(Alberto Giacometti), 한스 벨메르(Hans Bellmer)와 함께 바타유 텍스트들의 삽화를 맡게 된다. 마송은 블로메 가 45번지에 위치한 자신의 작업실에서 모임을 갖는 비공식적 비정통 그룹에 바타유를 소개한다. "이단아들의 집"인 이곳에는 조르주 랭부르(Georges Limbour), 롤랑 튀알(Roland Tual), 앙토냉 아르토(Antonin Artaud), 호안 미로(Juan Miró) 등이 모이곤 했으며, 그들은 성적 자유뿐 아니라 "마음껏 마시고 아편을 피울" 자유를 권장하였다. 또한 이 그룹은 재즈와 미국 영화를 즐기는 샤토 가 그룹과 연계된다. 샤토 가에는 자크 프레베르(Jacques Prévert), 마르셀 뒤아멜(Marcel Duhamel), 이브 탕기(Yves Tanguy) 등이 모였고, 훗날 레몽 크노(Raymond Queneau)도 합류했다.

아마도 11월, 레리스가 초현실주의 그룹에 가담한다. 바타유는 이에 기분이 상하고 소외감을 느낀다.

1925년—3월 9일, 5급 사서로 승진한다.

여름 끝 무렵 바타유는 레리스의 중개로 앙드레 브르통(André Breton)과 만나게 된다. 레리스에 의하면 브르통은 바타유에 대해 즉각적으로 반감을 갖게 되었던 것 같다.

이해 또는 그다음 해에 바타유는 『W.-C.』를 썼다. 이 소실에서 바타유는 낭대 유명한 살인자인 트로프만이라는 인물로 작가인 자신을 작품에 등장시키려 했으나, 결국 일인칭 작가 시점의 소설이 되었다. 소설에는 1928년부터 집필되어 1945년에 출판된 에피소드 '디르티(Dirty)'만 남았는데, 이 에피소드가 『하늘의 푸른빛(Le Bleu du ciel)』의 서장을 이루게 된다.

친구인 카미유 도스(Camille Dausse) 박사의 충고로 자기 글쓰기에 나타난 병적인 측면에 대해 알게 된 바타유는, 파리 정신분석 협회의 창립 회원이었던 아드리앙 보렐(Adrien Borel) 박사에게 분석을 받기로 결심한다. 『에로스의 눈물(Les Larmes d'Éros)』에서 바타유가 쓴 바에 따르면, 보렐은 이때, 조르주 뒤마(Georges Dumas)의 『심리학 개론(Traité de psychologie)』에 수록된 '능지처참당하고 있는 중국인 처형자'의 사진(1961년 3월 참조) 중 한 장을 바타유에게 준 것으로 보인다(그러나 실제로 이 사진이 수록된 책은 『개정 심리학 개론[Nouveau traité de psychologie]』[2권과 3권, 1932-3년]이다).

1926년—3월, 익명으로 「중세 풍자시들(Fatrasies)」(13세기에 쓰여진 기이한 시들)을 『초현실주의 혁명(La Révolution surréaliste)』 6호에 싣는다.

사드를 발견.

1927년—6월 17일, 4급 사서로 승진한다.

7월, 런던 여행. 런던 동물원에서 "원숭이 항문 돌출부의 벌거벗음"을 봄으로써 "대변과 관련한 환상"과 분리될 수 없는 일종의 황홀경을 느낀다. 이는 '송과안(松科眼, œil pinéal)'*의 주제와 연결되며, 바타유 소비 개념의 초기 형태를

---

* 송과체는 척추동물의 간뇌 등면에 돌출해 있는 내분비샘의 한 가지로 성기의 발육을 조정하는 기능을 지닌다. 바타유는 이 기관에 '눈'을 연결시킨다.

떤다. 모스의 『증여론(Essai sur le don)』 독서 후 천착하기 시작한 '소비(dépense)'의 개념은 신비주의적 인류학의 구상을 통해 과학적 인류학을 극복하려는 바타유의 시도라 할 수 있다. 이는 1930년부터 집필된 『송과안 관련 자료(Dossier de L'œil pinéal)』의 다섯 가지 버전에 나타나는데, 이 자료 중 「제쥐브(Jésuve)」가 포함되어 있다.

9월, 프루스트의 『되찾은 시간』이 출간된다. 바타유는 이 작품에 의거해 『내적 체험(L'Expérience intérieure)』의 「형벌에 덧붙임(Post-scriptum au supplice)」에 실리게 될, 이전에 체험했던 "일부가 결핍된" 황홀경을 회상하게 된다.

이해에 그는 크노와, 다다이스트였던 의사 테오도르 프랭켈(Théodore Fraenkel)의 부인인 비앙카(Bianca), 그 자매 실비아 마클레스(Sylvia Maklès, 1908–93)를 알게 된다.

『눈 이야기』를 집필한 것도 이해였으리라 추측된다.

1928년—3월 20일, 실비아 마클레스와 혼인한다. 부부는 파리 7구에 위치한 마송의 작업실에서 살림을 시작한다. 바타유는 계속해서 방종한 삶을 이어나간다.

8월, 독일 시인 카를 아인슈타인(Karl Einstein), 트로카데로 민속박물관 부관장 조르주 앙리 리비에르(Georges Henri Rivière)와 함께 잡지 『도퀴망(Documents)』[문서, 자료]을 창간하고자 한다. 그는 이 시기에, 출판사 이름 없이, 로드 오슈(Lord Auch)라는 가명으로 『눈 이야기』를 출판한다. 여기에는 마송이 파스칼 피아(Pascal Pia)의 조판으로 작업한 (서명 없는) 석판화 8점이 삽화로 수록되어 있다.

1929년—2월 12일, 개인적 행위와 집단적 행위 사이에서 선택의 필요성에 관한 초현실주의 그룹의 설문지에 응답할 것을 요청받는다. 바타유는 다음 문장으로 화답한다. "귀찮게 하는 이상주의자들이 너무 많다."

4월, 『도퀴망』 첫 호가 발간된다. 바타유는 '편집국장'으로서 편집을 총괄한다. 잡지 광고 문구의 부제였던 '학설, 고고학, 예술과 민족지학'이 이 잡지의 기획 의도였으며, "아직 분류되지 않은 가장 자극적인 예술 작품들, 지금껏 무시되어 왔던 이질적인 몇몇 창작물들이 이제 고고학자들의 연구만큼이나 엄격하고 학문적인 연구의 대상이 될 것"이다. 바타유는 여기에 「아카데미풍의 말[馬](Le Cheval académique)」이라는 글을 싣는데, 이는 공개적으로 이상주의자들에 반대하는 논지의 글 연작 중 첫 번째 글이 된다. 또한 반이상주의적 태도는 창간 초부터 내부의 심각한 긴장을 초래하게 된다. 1930년 제14호 발간 이후 잡지는 폐간된다.

12월, 『초현실주의 제2선언(Second manifeste du surréalisme)』이 발간된다. 브르통은 『초현실주의 제2선언』에서 바타유가 『도퀴망』에 게재한 논문들에 대해 정신쇠약의 징후가 드러나는 글이라고 언급한다.

1930년—1월 15일, 바타유의 어머니가 파리에서 사망한다. 어머니의 죽음은 『하늘의 푸른빛』 중 트로프만이 이야기하는 시간증(屍姦症) 장면에서 언급될 것이며, 이에 대해서는 두 편의 자전적 글, 즉 『아이』에 수록된 「W.-C., 『눈 이야기』 서문」과 집필 일자를 알 수 없는 단상 「어머니의 시체」에 더욱 명시적으로 언급된다. 같은 날 브르통에 대한 비방문인 「시체(Un cadavre)」가 발행된다. 1928년 이후 꾸준히 만났던 데스노스와 함께 바타유는 브르통의 『제2선언』에 대응할 채비를 갖춘 것이었다.

2월, 메달 및 주화 전시관을 떠나 국립도서관 발행물 관리

부서로 돌아온다. 그는 이 이동이 부당하다고 판단한다.

6월 10일, 딸 로랑스(Laurence) 출생.

이해부터 불법 출판된 에로 서적 수집 기획이 시작된 듯하다.

1931년—3월, 보리스 수바린(Boris Souvarine)이 『라 크리티크 소시알(La Critique sociale)』[사회 비평] 첫 호를 발행한다. 이 잡지는 사회학, 정신분석학, 철학, 경제학, 역사 연구에 근거해 마르크시즘을 현실에 맞게 수용하는 작업을 목표로 한다. 이는 수바린이 이끌던 '민주주의 공산당 서클'의 논점을 반영한 것으로, 바타유는 크노와 함께 이 서클에 접촉한다.

9월, 뒤아멜과 자크 클라인(Jacqeus Klein)을 주축으로 하고 막스 모리즈(Max Morise)의 삽화가 포함된 「보편 역사(Histoire universelle)」를 싣기로 하는 주간지 창간에 협력한다. 이 기획은 성사되지 못했지만 바타유는 이후 전 생애 동안 '보편 역사'의 관념에 대해 고찰하게 된다.

바타유는 정신병리학 자격증 준비를 위해 생트안 병원에서 환자들의 진술을 통한 치료를 참관하기로 결심한다. 크노와 함께 바타유는 종교 과학 고등 연구원에서 알렉상드르 쿠아레(Alexandre Koyré)가 니콜라 드 퀴(Nicolas de Cue)의 개념인 "현학적 무지"와 무한 속에서의 "모순들의 일치" 개념을 다루는 텍스트들에 대해 강의하는 세미나를 수강하기 시작한다.

11월 25일, 1927년 1–2월 집필된 『태양의 항문(L'Anus solaire)』이 마송의 드라이포인트 삽화가 수록된 책으로 인쇄 완료된다. 수바린과, 후에 로르(Laure)라는 이름으로 알려지게 될 콜레트 페뇨(Colette Peignot)가 드라공 가 7번지로 이사 온다. 콜레트는 '민주주의 공산당 서클'의 회원이었다. 이즈음 바타유는 실비아와 농석한 채 그녀를 처음 만난 듯하다. 콜레트 사망 후 바타유는 사후 출간된 단상인 『로르의 삶(La Vie de Laure)』에서 이렇게 쓴다. "처음 만났던 날부터, 나와 그녀 사이에 완전한 투명함이 존재함을 느꼈다."

1932년—3월, 『라 크리티크 소시알』 5호에 크노와 함께 쓴 「헤겔 변증법 토대 비판」이 실린다.

7월 19일, 3급 사서로 승진한다.

11월, 니콜라 드 퀴에 대한 코이레의 수업을 계속 수강한다. '헤겔 종교철학'을 다루는 코이레의 다른 세미나 역시 수강한다. 이 세미나에서 알렉상드르 코제브(Alexandre Kojève)라는 이름으로 더욱 잘 알려진 코제브니코프(Kojevnikof)를 만난다.

1933년—1월, 포틀래치(potlatch)*에 대한 모스의 연구를 바탕으로 경제 발전 과정 내부에 남아 있는 비생산적 소비의 원시적 특성을 밝힌 논문 「소비의 개념」을 게재한다(『라 크리티크 소시알』 7호). 알베르 스키라(Albert Skira)와 에스타리오스 테리아드(Estarios Tériade)에게서 자극을 받은 바타유는 초현실주의의 이단아들에게 개방적인 현대 예술 잡지를 창간하고자 하는데, 이 잡지의 제목은 마송과 함께 '미노타우로스(Minotaure)'라고 붙이기로 한다. 후에 이 기획은 도리어 브르통과 정통 초현실주의자들의 후원하에 실현된다.

3월, 발터 베냐민(Walter Benjamin)의 파리 방문.

* 선물 교환 행위. 사회적 지위를 승인하기 위한 행사로, 1849년 태평양 연안 남부 콰키우틀 인디언들 사이에서 성행했다. 재산이나 지위를 계승한 사람들이 새로 획득한 지위를 공식적으로 확정하기 위해 행했으며 결혼, 탄생, 죽음, 비밀결사 가입 등은 물론 사소한 일에도 빈번히 개최되었다. 바타유는 이 행사의 과시적이고 파괴적인 소모의 측면에 주목한다.

베냐민은 후에 『콩트르아타크(Contre-Attaque)』[반격]과 '사회학
학회(Collège de sociologie)'에서 바타유와 친분을 맺게 된다.
바타유는 파시즘 관련 서적들을 읽고, 국가사회주의 관련 자료들을
수집한다.

7월, 병에 걸림. 그는 베토벤의 「레오노레」 서곡과 "그리
잔인할 것 없는 이별"에서 비롯된 "황홀경(extase)"에 대한 글을
쓰는데, 이는 1936년에 '희생제의(Sacrifices)'라는 제목으로
출간된다. 이어 「파시즘의 심리 구조」를 집필하고, 글의 1부가
『라 크리티크 소시알』 10호에 게재된다. 바타유의 이름은 같은
잡지 9호에 실린 논문 「국가의 문제」에서도 발견되는데, 이 글은
전체주의적 국가(스탈린주의, 파시즘, 나치즘)의 유령에 대항하기
위해서는 마르크시즘 이론 자체도, 공산주의 내에서 마르크시즘
이론의 발전 양상도 여전히 불충분하다고 고발하고 있다.

10월에서 1934년 2월 사이 바타유는 르네 르푀브르(René
Lefeuvre)를 주축으로 조직된 로자 룩셈부르크(Rosa
Luxembourg)의 사상 연구회 『마스(Masses)』[덩어리, 대중]에
참여한다. 레리스, 에메 파트리(Aimé Patri), 피에르 칸(Pierre
Kaan)과 함께 현대 정치 사회적 신화들을 다루는 강의를
기획하는데, 이것이 '사회학 학회'의 출발점이 된다. 이 그룹에서
바타유는 사진작가 도라 마르(Dora Maar)를 만났던 것으로
추정된다. 그녀는 피카소와 만나기 전 바타유의 정부가 된다.

1933년부터 '웃음'이라는 제목을 단 원고들이 쓰인 듯하다.

1934년—1월 1일, 코제브가 5월 31일까지 알렉상드르 코이레의
고등 연구원 강의를 대신한다. 코제브의 강의는 1939년까지
이어지면서 『정신현상학』에 근거한 헤겔 종교철학을 다루게 된다.
수강한 이들 중에는 크노, 가스통 페사르(Gaston Fessard), 자크

라캉(Jacques Lacan, 라캉을 통해 바타유는 로제 카유아[Roger Caillois]를 알게 된다), 에리크 베유(Eric Weil) 등이 있었다. 바타유는 자신의 사유를 코제브가 설명한 헤겔 철학 해석에 명시적으로 결부시킨다. 이때 하이데거의 『존재와 시간』을 읽는다.

바타유는 '민주주의 공산당 서클'과 '독립 공산당 동부 연합' 구성원들이 작성한 「노동자 민중이여, 일어나라!」라는 선언문에 찬동하고, 뱅센 대로에서 열린 2월 12일의 반파시즘 집회에 참여한다. 이 집회는 사회주의자들과 공산주의자들의 연합을 공고하게 굳히는 계기가 된다. 그러나 이해 초 병에 걸렸던 바타유는 "류머티즘성 마비 증세 때문에 침대에 나와서도 절뚝거리는 수밖에" 없었다. 로르가 당시 이시레물리노에 위치한 바타유의 집에 한두 차례 방문한 듯하다.

3월, 「파시즘의 심리 구조」 2부를 게재한다(『라 크리티크 소시알』 11호, 이 잡지의 마지막 발행본). '민주주의 공산당 서클'이 서서히 와해된다.

6월 20일, 이 날짜부터(혹은 로르의 죽음 이후부터) 일기 『원화(圓華, La Rosace)』를 쓰기 시작한다. 29일은 로르와의 연인 관계가 시작된 첫날로 기록된다.

7월 4일, 로르는 수바린과 함께 오스트리아와 이탈리아로 여행을 떠난다. 바타유는 로르를 찾아 떠나 "한 곳에서 다른 곳으로 쫓겨 다녔던" 자신의 끊임없는 여행에 대해 『원화』에 상세히 쓴다. 24일, 그는 메조코로나에서 로르를 만나 함께 이탈리아 트렌토에 가게 되는데, 여기에서 『하늘의 푸른빛』에서 묘사되는 음울한 난교 장면이 이루어진다. 인스부르크와 취리히에서 바타유와 로르는 강렬하고 비극적인 이 여행의 마지막 여정을 보낸다.

8월 5일, 로르는 우울증 발작을 일으킨 뒤 파리에 돌아와 입원한다. 바타유는 이 시기부터 '전조들(Les Présages)'이라는 제목의 책을 쓰려 한 듯하다. 이 제목은 바타유가 1935년 스페인 체류 일기에 붙였던 것이기도 하고, 전후 몇 편의 논문들을 묶은 글에 붙인 것이기도 하다.

9월, 로르는 보렐의 치료를 받게 된다. 바타유는 음란 주점 타바랭(Tabarin)과 스펭크스(Sphynx)를 출입하며 수많은 내연 관계를 맺는다.

이해부터 피에르 클로소프스키(Pierre Klossowski)와의 만남이 시작된다. 실비아와 별거하기 시작하는데, 이들은 1946년에 이르러서야 이혼한다.

1935년—1월, 문학적 표현이 "일종의 학문적 탐사와의 결합"을 통해서만 자리를 갖게 하는 잡지를 창립할 계획을 세운다. 이러한 문학 잡지를 창간할 계획은 '검은 짐승(La Bête noire)'이라는 제목하에 마르셀 모레(Marcel Moré)를 주축으로 구체화되는데, 이 계획으로 인해 그가 함께 작업하고자 했던 레리스와의 관계에 위기가 발생하고 크노와는 절교하게 된다.

4월 15일, '반격'의 임시 구성회의 회합을 갖는다. 이 회합의 목적은 바타유, 도트리, 칸이 서명한 「무엇을 할 것인가? 공산주의의 무능에서 비롯된 파시즘 앞에서」라는 초청문에 요약되어 있다. 이달 말, 그는 딸 로랑스와 함께 스페인으로 떠나 5월 30일에 돌아온다. 일기 「전조들」에서 말하는 바와 같이, 그는 5월 8일부터 12일까지 마송과 함께 바르셀로나에 머물고, 매음굴을 꾸준히 드나든다. 10일, 마송과 함께 몬세라트에 다녀온다. 여기에서 그는 "황홀경의" 체험을 하며, 이에 대해 『미노타우로스』 8호(1936년 6월)에 게재된 「몬세라트」라는 글에서 언급하는데, 이 글에는 마송의 시 「몬세라트 높은 곳에서」와 그의 두 그림 「몬세라트의 여명(Aube à Montserrat)」과 「경이로운 광경(Paysage aux prodiges)」, 그리고 바타유의 짧은 글 「하늘의 푸른빛」(수정 후 『내적 체험』에 수록됨)이 엮여 있다. 29일, 소설 『하늘의 푸른빛』을 탈고하지만, 이 책은 1957년에야 출간된다.

7월, 카유아와 함께 혁명주의적 지식인들의 연합을 구축할 것을 계획하는데, 이것이 '반격'의 윤곽이 된다.

9월, 브르통과 화해한다. '반격'의 구성 준비회가 진행된다.

10월 7일, '반격. 혁명적 지식인들의 투쟁 연합' 선언이 발표된다. 이는 민주주의 체제의 무력함을 단죄하는 반파시즘적 운동이었다. 두 그룹이 이 단체를 구성하고 있었는데, 하나는 브르통과 바타유가 속해 있는 사드 그룹이고, 다른 하나는 마라(Marat) 그룹이었다.

11월, 브르통의 『초현실주의의 정치적 입장』이 발행되어 '반격' 선언문에 부록으로 실린다. 24일, 바타유와 브르통은 인민 전선 문제에 대해 대화를 나눈다. 바타유 그룹과 초현실주의자 사이 대립의 첫 징후가 보인다.

12월, '반격'의 회합이 여러 차례 있었다.

블레이크와 카프카를 발견한다.

1936년—2월 16일, 젊은 왕정주의자들이 레옹 블룸(Léon Blum)에 가한 공격에 대항하는 시위가 있었다. 이 시위가 진행될 때 '반격'은 「동지들이여, 파시스트들이 레옹 블룸을 린치하였소」라는 전단지를 뿌린다. 바타유는 「행동에의 요청」이라는 전단지를 작성한다. 그는 또한 『철학 연구(Recherches philosophiques)』 5권에 실릴 글 「미로(Le Labyrinthe)」를 쓰는데, 이 텍스트는 미세하게 수정되어 『내적 체험』에 수록된다.

3월 14일, 히틀러가 라인란트를 막 점령하였을 즈음, 바타유는 카페 오제(Augé)에서 전쟁에 대한 토론회를 개최한다.

이날 바타유가 장 베르니에(Jean Bernier), 뤼시 콜리아르(Lucie Colliard)와 쓴 것으로 보이는 전단지 「노동자들이여, 그대들은 배반당하였다!」가 새로운 그룹인 '반(反)신성연합 위원회'의 서명자 명단과 함께 배포되었는데, 이 사건은 브르통과의 결별을 야기한다.

4월 2일, '반격'의 편집국장직을 사임한다. 바타유는 정치와는 거리를 둔 비밀 단체를 구상하는데, 이 단체의 목적은 종교적이나 반기독교적이며, 특히 니체적일 것이었다. 이 기획에 상응하는 문서가 G. B.라 서명된 「계획서(Programme)」인데, '무두인(無頭人, Acéphale)'이라는 그룹과 함께 동명의 잡지 창간에 대해 계획되어 있다. 7일, 바타유는 토사데마르에서 『무두인』의 표지 그림으로 머리가 없는 남자를 그리고 있던 마송을 만난다. 바타유는 이곳에서 두 편의 짧은 글 「내가 보기에 실존은…」과 「신성한 주문」을 쓴다(이 글은 후에 잡지 발간사가 된다). 9일, '반격'은 마지막으로 전쟁 문제에 대해 입장을 정하기 위해 회의를 개최한다. 피에르 뒤강(Pierre Dugan, 앙들러로 알려져 있음)의 17일 자 글 「파시즘 노트」에 신조어인 '초(超)파시즘(surfascisme)'이라는 단어가 등장함으로써 '반격' 내 균열이 가속화된다. 이 단어는 '반격'의 혁명주의적 전략을 함축하는 말로, '초현실주의'의 '초월'적 의도를 암시하는 동시에 극복된 파시즘이라는 의미를 포함하고 있다. 초현실주의자들은 이 단어를 오히려 바타유와 그의 그룹에 악의적 의도를 가지고 적용한다. 이달 말, '반격'이 해체된다.

6월 초, 바타유는 예이젠시테인의 영화 「멕시코에 치는 천둥(Tonnere sur le Mexique)」(아마도 바타유의 사후 출간 텍스트인 『칼라베라[Calaveras]』를 원작으로 만들었을 것이다)을 관람한다. 4일, 바타유는 '연구 모임' 혹은 '사회학 모임'을 만드는데, 이것이 비밀 단체 '무두인'의 핵심 조직이었다. 6일,

블룸이 선출되어 인민 전선의 첫 번째 내각을 주재한다. 24일, 기 레비마노(Guy Lévis-Mano) 출판사에서 바타유와 앙브로지노, 클로소프스키가 편집장을 맡은 『무두인』의 첫 5개 호가 나온다.

7월부터 8월 사이 바타유는 부인 실비아가 연기한 장 르누아르(Jean Renoir)의 영화 「시골에서의 하루(Une partie de campagne)」(이 영화는 1946년 처음 상연된다)에 신학생 역할로 출연한다. 8월 8일, 2급 사서로 임명된다.

11월 11일, "저급한 정치적 관심사들"에 대항하는 성격의 집단 '무두인'의 첫 정기 모임에서 발표한 것으로 보인다.

12월 3일, 기 레비마노 출판사에서 마송의 에칭 삽화 5점이 포함된 『희생제의(Sacrifices)』 150부를 출판한다.

1936년부터 『프랑스 백과사전(Encyclopédie française)』 제17권에 수록되어 있는, 바타유가 익명으로 작성한 항목 '예술 및 문학 관련 최근 주요 저작 분류 목록'이 집필되었다. 이해부터 '무두인' 활동의 일환으로 콩코르드 광장의 오벨리스크 아래에 피 웅덩이 쏟아놓기, 발신 주소지는 루이16세의 두개골이 묻힌 곳으로 기재하고 '사드'라고 서명한 공식 성명서를 출판사들에 보내기 등의 활동이 시작되었다.

1937년—1월 21일, 『무두인』 2호에 서명하지 않은 글 「니체와 파시스트들」과 「제안」을 기고한다.

2월 6일, '무두인' 회합에서, 비밀 단체 내부에서는 일체의 정치적 활동을 포기할 것을 표방하는 회보를 발간할 것을 결의한다. 한편 바타유는 '무두인'의 이론적 토대를 마련하기 위해 '사회학 학회'를 설립할 것을 계획한다. '사회학 학회'는 비밀 단체의 외부 조직이며, "신성 사회학(sociologie sacrée)"의 영역을 다루게 된다.

3월, 그랑 베푸르(Grand Véfour)에서 「마법사의 제자(L'Apprenti sorcier)」를 발표한다. 이날 모임 중 '사회학 학회'가 발족된다. 이어 '무두인'의 기본 강령이 될 「무두인」 숲에서의 금기들」이 작성되는데, 이에 따르면 비밀 의식은 생제르맹앙레 부근 마를리 숲의 "벼락 맞은" 떡갈나무를 에워싸고 거행된다고 한다.

4월, '집단심리학 협회'를 창설한다(바타유는 부회장을 맡는다).

7–8월, 논문 「어머니-비극」을 발표한다(『그리스 여행[Le Voyage en Grèce]』 여름, 7호). 7월 중순경, 로르와 함께 이탈리아로 떠난다. 그는 나폴리와 시에나에 머물면서 8월 7일 장 폴랑(Jean Paulhan)에게 소고 「오벨리스크(L'Obélisque)」의 최종본을 보내는데, 이 소고는 1938년 4월 15일 자 『므쥐르(Mesures)』[척도]에 게재된다. 그는 에트나로 향한다. 이곳에서 그가 『죄인』 집필 노트들에서 언급하게 될 "극단적" 체험을 하게 되는데, 이는 마송이 바타유의 부탁에 따라 그린 뒤 바타유가 소장하게 된, "재와 불꽃의 그림"이라 묘사된 「엠페도클레스(Empédocle)」를 가리킨다.

9월, 「명상(Méditation)」을 쓴 것으로 보인다. 이 글은 바타유가 1938년 5월부터 불교의 고행주의와 기독교 신비주의에 관한 독서를 함에 따라 황홀경에 도달하는 수련에 전념하게 될 것을 예고한다.

11월 20일, '사회학 학회' 개회식에서 카유아와 강연을 한다. '사회학 학회'는 이후 2년 동안 회합을 갖게 된다.

12월, 테리아드가 창간한 잡지 『베르브(Verve)』[열변] 1호에 「프로메테우스 반 고흐」와 만 레이(Man Ray)의 사진들과 함께 실린 글 「머리카락」을 발표한다.

1938년—1월 17일(혹은 18일), '집단심리학 협회' 개회식에서 그해의 주제인 '죽음에 대한 태도들'에 대해 발언한다.

3월, 잡지 『누벨 르뷔 프랑세즈(NRF, Nouvelle Revue Française)』[프랑스 신비평]에 게재할 목적으로 「인민 전선의 실패」를 쓴 것으로 보인다. 사후 출판된 이 글은 3월 9일부터 폴랑이 여러 지식인들에게 부쳤던 설문 형식 서한 「이토록 완벽한 실패는 무엇 때문인가?」에 대한 회신으로 쓰여진 것이었다.

바타유는 에망세에 가서 사드가 자신을 묻어달라 요청했던 장소를 방문한다(1937년 12월 5일에도 방문했었다).

6월, 『베르브』 2호(3–6월)에 「천상의 몸」이 마송의 펜화 몇 점을 삽화로 하여 발표된다. 3호에 「광경」이 발표된다.

7월 1일, 『누벨 르뷔 프랑세즈』에 「마법사의 제자」를 발표한다. 로르와 바타유는 생제르맹앙레 마레유 가 59번지에 정착한다. 25일, 바타유는 '무두인' 정기 모임에서 '일곱 가지 공격(Les Sept agressions)'이라는 제목의 비방문을 출판할 것을 제안하는데, 이 글은 미완으로 남게 될 그의 책 『반(反)기독교 입문(Manuel de l'anti-chrétien)』의 초고가 된다. 또한 그는 니체 관련 글 모음집 『메모랜덤(Mémorandum)』의 출판을 계획한다(1945년 출간).

11월 1일, 『누벨 르뷔 프랑세즈』에 「국제 위기에 관한 사회학 학회의 선언」을 기고해 뮌헨 협정에 대한 서구 민주주의 국가들의 회피적 태도를 규탄한다. 3일, 1급 사서로 승진한다. 7일, 로르가 세상을 떠난다. 바타유는 가슴이 찢어지는 고통을 겪는다. 로르가 7월 혹은 8월에 쓴 글을 읽으며, 그 내용과 자신이 「신성(Le Sacré)」이라는 글에 쓴 내용에서 일치하는 것들을 발견하며 감정이 더욱 격렬해진다. 그는 「운(La Chance)」이라는 글을 발표한다(『베르브』 4호).

실비아 바타유는 라캉과 관계를 맺는다. 라캉은 그때까지 아직 부인과 살고 있었다.

1938년경 『미노타우로스』에 실을 목적으로 쓴 글 「가면(Le Masque)」이 집필되기 시작한 것으로 보인다(사후 출간).

1939년—봄, '신성'이라는 제목으로 로르의 글을 한 권으로 묶어 비판매용으로 출판한다(200부 인쇄). 『카이에 다르(Cahiers d'art)』[예술 연구]에 1938년 8월부터 11월 사이에 쓴 글 「신성」을 발표한다. 이 글은 같은 주제의 다른 책, 『아마도 로드 오슈라는 가명으로 출판되었을 『눈 이야기』 해설서』에 로르의 『신성』에서 인용한 대목들과 함께 다시 수록된다. 이 시기부터 ('무두인'에 단기간 참여했던) 발트베르크(Waldberg)가 부인 이자벨(Isabelle)과 함께 생제르맹앙레의 바타유 집에 1939년 가을까지 머문다. 이때부터 이자벨과 바타유의 내연 관계가 시작된 것으로 보인다.

6월 6일 '사회학 학회'에서 「죽음 앞에서의 기쁨」을 발표한다. 이 강연문에 나타난 신비주의적 방법론은 '사회학 학회'의 해체를 가속화시킨다. 그가 신비주의적 수련에 몰두해 있었다는 사실은, 바타유 혼자 모든 글들을 작성하고 소책자 형태로 편집한 『무두인』 5호(마지막 호)에 실린 글 중 하나인 「죽음 앞에서의 기쁨의 실천」에서 명백하게 드러난다.

9월 5일, 『죄인』을 쓰기 시작한다. 프랑스는 3일부터 전시 상황에 돌입한다.

10월 2일, 드니즈 롤랭 르 장티(Denise Rollin Le Gentil)를 알게 된다. 20일, '무두인'을 해체시킨다. 27일, 크노와 화해한다.

11월 7일, '사회학 학회'의 노선에 따라 첫 번째 '전쟁에 대한 토론'이 개최된다. 바타유는 21일 이 토론회에서 고전주의적 혁명은 결론적으로 실패할 수밖에 없음을 확언하는 발언을 한다.

『저주의 몫(La Part maudite)』(1949)의 초고이며 수차례 수정되었으나 끝내 집필을 포기한, 연구자들 사이에서 '유용함의 한계(La Limite de l'utile)'라 불리는 책을 구상한 것도 이해다.

1940년—4월 15일, 『므쥐르』지에 '디아누스(Dianus)'라는 가명으로, 『죄인』의 처음 몇 쪽을 발췌한 글 「우정(L'Amitié)」을 발표한다. 바로, 브르통, 데스노스, 엘뤼아르, 레리스, 랭부르 등과 공동으로 출판한 『앙드레 마송(André Masson)』이 인쇄 완료된다.

5월 26일, 오베르뉴에 가는 길에 드니즈와 동행한다.

6월 10일, 생제르맹앙레에서 로르의 유품인 검은 벨벳 가면을 챙겨 다시 오베르뉴로 떠난다. 두 달 동안 마송의 집에 머문다.

8월 8일 이후, 드니즈와 함께 파리로 돌아온다.

1940년 말(혹은 1941년 초) 바타유는 피에르 프레보(Pierre Prévost)의 중개로 모리스 블랑쇼(Maurice Blanchot)를 만나게 된다. 이때부터 이들은 지적으로 깊은 유대 관계를 맺게 된다.

1941년—7월 3일, 실비아는 쥐디트(Judith)를 출산한다. 라캉의 딸이지만 바타유의 딸로 출생 신고된다.

9–10월, 『마담 에두아르다(Madame Edwarda)』 집필.

11월, (『내적 체험』의 머리말에 따르면) 「저주의 몫 혹은 유용함의 한계」의 저술을 포기하고 「형벌(Le Supplice)」을 쓰기로 한다(1942년 3월 7일 탈고). 이 텍스트는 『마담 에두아르다』와 긴밀한 연결 관계를 갖지만 이 소설과는 분리되어 1943년 『내적 체험』의 2부로 편입된다. 1941년 겨울부터는 『내적 체험』의 구성을 시작한다(몇 편은 1920–30년대에 썼던 글들이다).

1941년 말(혹은 1942년) 바타유는 철학적 성격을 띤 비공식 그룹을 창설하여 그 이름을 반어적으로 '소크라테스 학회'라고 짓는다. 그룹은 1944년까지 모임을 가졌다.

12월, 솔리테르(Solitaire) 출판사에서 피에르 앙젤리크(Pierre Angélique)라는 가명으로 『마담 에두아르다』를 출판한다(출판 연도를 1937년으로 기재함).

1942년—'소크라테스 학회'의 두 번째 그룹이 생성되기 시작한다. 이들 중 블랑쇼를 제외하고는 모두 프랑스 점령지의 시문학 잡지인 『메사주(Messages)』에 연계되어 있었다.

4월 26일, 폐에 결핵이 발생하여 국립도서관직을 휴직한다.

5월, 기흉을 앓는다.

7월 하반기, 『내적 체험』을 집필하고 그해 여름 탈고한다. 연구지 『메시지, 순결의 수련(Messages, Exercice de la pureté)』을 집필한다.

9월부터 11월 말까지 노르망디에서 요양한다. 『시체(Le Mort)』는 이즈음 집필되기 시작한 듯하다. 『오레스테이아(L'Orestie)』를 구상하는데, 이 책은 1945년에 출판된다.

12월, 파리에 돌아와 연구지 『침묵의 수련(Exercice du silence)』(제목에서 '메시지'가 삭제됨)에 「니체의 웃음」을 발표한다. 14일, 6개월 휴직을 신청한다. 그의 휴직은 이후 6개월씩 1946년 9월 30일까지 연장된다.

1943년—1월, 『내적 체험』 초판 인쇄 완료(갈리마르 출판사).

3월, 『시체』의 서문으로 「맹인 아리스티드」를 쓴다.

5월부터 7월까지 바타유는 장 레스퀴르(Jean Lescure)의 권유에 따라 책 집필에 착수하게 되는데 이 책의 제목은 먼저

'오레스테스로 존재하기, 혹은 명상의 수련(L'Être Oreste ou l'Exercice de la méditation)'으로 붙여졌다가 후에 '오레스테스 되기, 혹은 명상의 수련(Le Devenir Oreste ou l'Exercice de la méditation)'으로 바뀐다. '시의 애매함에 대한 극렬한 저항'으로 쓰여진 아포리즘들의 묶음인 이 책은 갈리마르 출판사로 보내졌으며, 스위스에서도 출판될 계획이었다.

6월, 여름 내『죄인』을 탈고하여 갈리마르에서 출판하기로 크노와 합의한다. 바타유는 크노에게 이 책의 제목을 '우정'으로 하고 '디아누스의 노트'를 부제로 붙이자고 제안한다. 7월에 제목은 '죄인'으로 결정된다. 그는 루이 트랑트(Louis Trente)*라는 가명으로, 편집자도 출판사도 기재하지 않은 채 발행일자만 1934년 6월 29일로 하여『아이』를 출판한다. 6월, 그는 러시아 왕자와 영국 여인의 딸인 다이아나(디안[Diane]으로 불림) 조세핀 외제니 코추베 드 보아르누아(혹은 보아르네[Beauharnais])(Diana Joséphine Eugénie Kotchoubey de Beauharnois)와 알게 된다.

8월부터 12월까지 시를 쓰는데, 이 시들은 1944년 『아르캉젤리크(L'Archangélique)』라는 시집에 묶여 출판된다.

10월 16일, 「다이아나 여신(Deae Dianae)」, 「태양의 항문」, 「디르티」를 포함한 몇 편의 시들을 엮은 책을 기획한다. 10월 상반기에 바타유는 드니즈와 함께 파리로 돌아오나 이들은 곧 헤어진다. 클로소프스키의 도움으로 그 형인 화가 발튀스(Balthus)의 작업실에 머무르게 되면서, 디안과는 거의 만나지 못한다. 바타유가 디안에게 보냈던 편지들은 당시 그가 품었던 맹렬한 열정을 그대로 보여준다.

사르트르가『카이에 뒤 쉬드(Cahiers du Sud)』[남방 노트]지

---

* 바타유는 루이30세라는 의미를 나타내기 위해 'Louis XXX'로 쓴다.

10-12월 호에 논문 「새로운 신비주의자(Un Nouveau mystique)」를 기고하는데, 이 글은 『내적 체험』을 신랄하게 비판한다.

12월 말 바타유는 『메사주』지의 연구지 『도멘 프랑세 (Domaine français)』[프랑스령]에 두 편의 시를 보내는데, 한 편은 「운을 기원함(Invocation à la chance)」으로 후에 『오레스테이아』에 재수록되며, 다른 한 편은 「고통(La Douleur)」으로, 『아르캉젤리크』에 '무덤(Le Tombeau)'이라는 제목으로 수록된다.

1944년—1월부터 시나리오 『불타버린 집(La Maison brûlée)』이 집필되기 시작한다.

2월 15일 『죄인』 인쇄 완료(갈리마르 출판사).

3월 5일, 나치 점령하에 마르셀 모레가 종교적 쟁점들을 논의하고자 조직한 회합들에서 바타유는 선과 악의 문제에 대한 발표를 하고, 이 발표문이 수정되어 『니체에 대하여(Sur Nietzsche)』에 수록된다.

4월, 결핵에 시달림. 30일, 『아르캉젤리크』 인쇄가 완료되어 비판매용으로 메사주(Messages) 출판사에서 출판되는데(113부), 이 책이 『메사주의 친구들(Les Amis de Messages)』 전집의 첫 권을 이루게 된다.

바타유는 "자전적 이야기"인 『쥘리(Julie)』에 착수한다. 이 책에 『시체』와 동일한 인물들을 등장시켰으며, 서문으로 기획했던 글에서는 책을 디아누스에게 바친다고 되어 있다. 그는 『죽은 신부의 사제복(Costume d'un curé mort)』이라는 소설에도 착수하는데, 결국 소설의 1부인 「분열 번식(La Scissiparité)」만을 탈고하여 1949년 출판한다. 바타유는 『니체에 대하여』를 탈고하고 1945년 출판한다. 또한 『할렐루야: 디아누스의 교리(L'Alleluiah: Catéchisme de Dianus)』를 탈고한다.

9월, 『오레스테이아』 완성. 회복되었다는 진단을 받는다.

10월, 파리로 돌아온다. 20일, 니체 탄생 100주년(10월 15일)을 맞아 『콩바(Combat)』[전투]지에 「니체는 파시스트인가?」를 게재하는데, 이 글의 초고는 다른 글인 「니체 100주년」의 초안을 이루고 있다. 이해 늦여름에 탈고하는 「니체 100주년」은 출판되지는 않고, 『니체에 대하여』에 '니체와 국가사회주의'라는 제목으로 수록된다. 10–11월부터 『루이30세의 무덤(La Tombe de Louis XXX)』에 실릴 시들의 초고가 쓰여진 듯하다.

11월 12일, 『콩바』지에 「문학이란 유용한가?」를 게재한다.

1945년—2월 7일, 칼만레비(Calmann-Lévy)와 합의하에 초반에 '위니베르(Univers)'[세계]였다가 후에 '악튀알리테(Actualité)'[시사평론]로 제목을 바꾸게 될 연구지 한 시리즈를 총괄하기로 한다. 그는 첫 세 개 호의 편집을 구상하는데, 전후의 스페인에 대해 다룬 첫 호만 출간된다. 『니체에 대하여, 운에의 의지(Sur Nietzsche, volonté de chance)』(갈리마르 출판사)가 인쇄 완료된다.

4월 14일과 15일, 『콩바』지에 「초현실주의 혁명」을 게재한다. 25일, 니체에 관한 노트 모음 『메모랜덤』이 초판 인쇄 완료된다(갈리마르 출판사).

6월, 디안과 함께 베즐레에 정착한다.

7월, 『쥐 이야기(Histoire de rats)』를 한정 부수로 출판하기로 미셸 갈리마르와 합의한다. 편집자 갈리마르는 11월 20일 이 기획을 연기한다(발행자가 이 책의 발행을 "윤리상의 구실로" 거부했기 때문). 이 책은 1947년 10월 미뉘(Minuit) 출판사에서 호화 장정본으로 출판된다.

8월, 바타유는 발터 베냐민 저작들의 사후 출판 작업을 위해,

전쟁 동안 베냐민이 프랑스 국립도서관에 숨겨놓았던 원고들을 복원하는 일을 맡게 된다.

10-12월, 프레보의 중개로 셴(Chêne) 출판사 창립자이자 사장인 모리스 지로디아스(Maurice Girodias)를 알게 된다. 바타유는 지로디아스와 함께 17세기의 『주르날 데 사방(Journal des savants)』[교양인의 잡지]에서 영감을 얻은 국제 잡지를 창간할 기획에 착수하며, 이 잡지를 초기에는 '크리티카(Critica)'라고 부른다. 제목은 후에 '크리티크(Critique: Revue générale des publications françaises et étrangères)'[비평: 프랑스 국내외 출판물 일반 평론지]로 결정된다. 집필 위원회에는 블랑쇼, 국립도서관 운영 위원 피에르 조스랑(Pierre Josserand), 『콩바』지 편집장 알베르 올리비에(Albert Ollivier), 모네로(Monnerot), 에리크 베유가 참여한다.

12월 15일, 『오레스테이아』 초판 인쇄 완료(카트르 방[Quatre vents] 출판사). 22일, 잡지 『퐁텐(Fontaine)』[샘]에 「디르티」가 발표된다. 『악튀알리테』지의 첫 호인 『자유 스페인(L'Espagne libre)』이 출간된다. 카뮈가 서문을 쓴 이 잡지에서 바타유는 「피카소의 정치적 회화들」과 「어니스트 헤밍웨이의 『누구를 위하여 종은 울리나?』에 관하여」를 실었고, 디안 역시 헤밍웨이의 글 중 「죽음의 냄새」를 발췌 번역해 싣는다.

1945년 솔리테르 출판사에서 피에르 앙젤리크라는 가명으로, 발행 연도는 1942년으로 허위 기재해, 장 페르뒤(Jean Perdu, 포트리에[Fautrier]라고 알려짐)가 그린 30점의 판화가 포함된 『마담 에두아르다』의 새로운 편집본을 출판하기로 한다. 1945년에서 1947년 사이에 두 편의 단편소설 「결혼의 여신(La Déesse de la noce)」과 「7월의 어느 오후…」(작은 흰 가재[La Petite Écrevisse blanche])의 초안이 구상된 것으로 보인다.

1946년—3−4월, 『크리티크』 편집장 프레보와 갈등을 겪는다. 정치적 문제가 잡지 책임자들을 분열시키고 있었다. 블랑쇼와 바타유는 "반공산주의적 입장은 견딜 수 없다"는 생각이었고, 프레보와 올리비에는 자신들의 반공산주의적 입장을 숨기지 않고 있었으며, 베유는 공산주의에 매우 우호적인 입장이었다. 바타유는 이때부터, 6월에 발행될 첫 호부터 자신의 사망 직전까지 『크리티크』를 이끌게 된다. 바타유는 전후 프랑스를 지배하던 두 계열의 지식인들의 움직임(초현실주의와 실존주의)이 대결하고 있는 여건 속에서, 그리고 그가 속한 시대의 가장 첨예한 정치적 문제들, 즉 공산주의의 발전, 냉전, 마셜 플랜, 식민주의, 인종주의, 원자폭탄의 결과, 제3차 세계대전의 위협들이 산재하는 상황 속에서, 『크리티크』를 통해 성찰의 정수를 표현하게 된다. 바타유는 이 잡지에 다수의 논문과 서평을 발표하는데, 자기 자신의 이름으로 발표하기도 하고, 가명으로 S.M.L.(생믈롱레옹[Saint-Melon-Léon]의 이니셜을 딴 것으로, 1946년 프레보에게 이 가명을 같이 사용할 것을 제안한다), N.L.(노엘 로랑[Noël Laurent]), 혹은 N.L.(노엘 레옹[Noël Léon]의 이니셜, 1948년 장 피엘[Jean Piel]에게 공유 제안), H.F.T.(앙리프랑수아 테코즈[Henri-François Tecoz]), R.L.(라울 레비[Raoul Lévy]), 엘리 샹슬레(Élie Chancelé), 에두아르 마네(Édouard Manet, 이니셜로 E.M.) 등을 사용하기도 했다.

5월 20일, 미뉘 출판사에서 『시의 증오(La Haine de la poésie)』를 출판하기로 레스퀴르와 합의한다. 또한 갈리마르에서 두 권의 책을 출판하기로 하는데, "그중 한 권은 몬시뇰 알파가 주인공으로 등장"하며, 크노가 진행하는 "희극적 소설 선집에 속할 목적으로 쓰인" 책이다.

6월 1일 부로 국립도서관 부운영 위원으로 임명된다.

7월 9일, 실비아 마클레스와 이혼한다. 바타유의 서문이 실린 미슐레(Michelet)의 『마녀(La Sorcière)』가 출판된다(카르트 방 출판사). 이 서문은 1957년 출판된 『문학과 악(La Littérature et le mal)』에 엮이게 된다(1950년 3월 참조).

9–10월, 『크리티크』지 8–9월 호에 헨리 밀러(Henry Miller)의 혐의가 부당하다고 고발한다. 그는 밀러의 에세이 「외설, 그리고 반영의 법칙」을 번역하고 디안의 이름으로 서명하여 『퐁텐』 10월 호에 게재한다. 또한 '헨리 밀러 변호 위원회'에 가입한다.

12월 9일, 크노에게 구상 중인 책 『범죄의 관점으로 바라본 예술(De l'art envisagé comme un délit)』에 대해 말한다. 이 책은 "일부는 논문들로, 일부는 『저주의 몫』 편집을 위해 수집한 역사적 단편들로" 이루어질 것이었으며, '공모 관계 설립에 관한 연구'라는 부제를 달고 있었다. 이는 (『문학과 악』의 핵심부가 되었을) 『악의 성스러움(La Sainteté du Mal)』을 가리키는 것이다(1950년 3월 참조).

르네 샤르(René Char)와 만남.

1947년—1월 3일, 『할렐루야: 디아누스의 교리』가 포트리에의 삽화들과 함께 초판 인쇄 완료되어 오귀스트 블레조(Auguste Blaizot)에서 출판된다(92부). 이 책은 3개월 뒤 삽화 없이 K 편집사에서 재판이 인쇄된다. 바타유는 『크리티크』 1–2월 호에 「히로시마 주민들을 다룬 단편소설들에 관하여」와 「벌거벗겨진' 보들레르: 사르트르의 분석과 시의 정수」를 싣는다. 「벌거벗겨진' 보들레르」는 사르트르의 『보들레르(Baudelaire)』에 대한 비평문으로, 바타유는 이 서평을 "일종의 매우 광범위한 의미에서의 초현실주의적 입장, 그러나 실존주의의 근거 없음에 비하면 확실히 근거 있는" 자신만의 입장을 취할 계기로 삼는다.

5월 12일, 『명상의 방법(Méthode de méditation)』 초판 인쇄 완료(퐁텐[Fontaine] 출판사). 이 책은 1954년 『내적 체험』의 개정판에 함께 묶인다. 12일, 바타유는 장 발(Jean Wahl)이 창설한 '철학회'에서 "플라톤주의에서의 '악'과 사디즘"이라는 주제로 강연한다. 이 강연문은 『깊이와 리듬(La Profondeur et le Rythme)』(1948년 11월 25일)에 '사드와 윤리'라는 제목으로 수록된다.

7월, 『크리티크』는 5월 센 출판사를 떠나 칼만레비의 출판사로 발행처를 옮긴다. 바타유는 『크리티크』 6-7월 호에 '불행의 윤리: 『페스트』'라는 제목으로 카뮈 소설 서평을 발표한다. 그는 6월에 사르트르가 초현실주의와 바타유 자신에 대해 「문학이란 무엇인가?」(『레 탕 모데른[Les Temps modernes]』[현대], 5-7월 호)라는 글에서 공격했던 부분들에 대해, 「메를로퐁티 씨에게 보내는 편지」(『콩바』, 7월 4일 호) 형태의 글과 「1947년의 초현실주의」라는 노트(『크리티크』, 8-9월 호)를 발표함으로써 응수한다. 7월 19일 부로, 바타유는 1946년 10월 1일부터 소급하여 5년의 휴직 처분을 받는다. 25일, 바타유는 미뉘 출판사에서 '취한 인간'이라는 가제를 단 총서를 기획하는데, 계약 조건은 1년에 최소한 여섯 편의 작품을 출판하는 것이었다. '부(富)의 사용법(L'Usage des richesses)'(총서의 제목은 이렇게 결정된다)은 그러나 두 권밖에 내놓지 못했는데, 그중 하나는 바타유의 『저주의 몫』 1권(1949)이다. 이달에, 로드 오슈라는 가명으로, 벨메르의 판화 6점이 담긴 『눈 이야기』 재판을 발행한다(세비야[Séville] 출판사라고 알려진 K 편집사, 1940).

8월, 바타유는 카뮈, 보부아르, 사르트르, 메를로퐁티, 다비드 루세(David Rousset)와 함께 잡지 『정치(Politics)』 4호(7-8월 호)와 『프랑스의 정치 저작(French Political

Writing)』에 「히로시마에 대하여」를 공동 기고한다.

9월 15일, 『쥐 이야기(디아누스의 일기)』가 미뉘 출판사에서 초판 인쇄 완료된다(본래 갈리마르에서 출판되기로 예정되어 있었다). 이 책에 실린 자코메티의 에칭화 세 점은 코제브, 디안, 그리고 바타유 자신의 내밀한 관계를 드러낸다. 그림에 나타난 세 개의 알파벳 A, B, D는 각각 알렉상드르 코제브(Alexandre Kojève), 디안 보아르네(Diane Beauharnais) 그리고 디아누스(Dianus, 조르주 바타유)를 가리킨다. 그는 또한 미뉘 출판사에서 『시의 증오』를 출판하는데(9월 30일 초판 인쇄 완료), 이 책에는 「쥐 이야기(디아누스의 일기)」, 「디아누스(몬시뇰 알파의 비망록에서 발췌한 메모들)」, 「오레스테이아」가 엮여 있다.

12월, 『크리티크』에 「경제 우위의 실존주의」 1부를 발표한다(2부는 1948년 2월에 발표된다).

이해에 『시체』와 『루이30세의 무덤』(두 저작 모두 사후에 출간됨)을 출판하려 했던 것으로 보인다.

1948년—1월, 『크리티크』에 「소련의 산업화가 가지는 의미」를 발표한다. 또한 가명 노엘 레옹으로 서명하여 「총론: 세르반테스」와 「총론: 미슐레」를 싣는다. 아마도 미뉘 출판사의 총서 '제안들(Propositions)'을 위한 것으로 보이는 '검은 시리즈'(사드, 블랑쇼, 폴랑, 스탕달)와 '초록 시리즈'(블레이크, 샤르, 레리스 등)를 기획하지만, 이 기획은 유예된다.

2월, 파리로 가서 세 번의 강연을 한다. 24일 클럽 맹트낭 (Maintenant)[지금]에서 '초현실주의라는 종교'를, 26-7일에는 철학회에서 '종교의 역사 체계'를 강연한다.

3월부터 5월까지, 그는 이 마지막 강연에서부터 구상을 시삭하게 된 『종교의 이론(Théorie de la religion)』을 쓴다. 이 책은 1964년 2월이 되어서야 갈리마르 출판사에서 출판된다.

　5월 말(혹은 6월 초) 영국 체류.

　7월과 8월 사이『크리티크』에 여러 글을 발표한다. 이 중「성혁명과 '킨제이 보고서'」는 수정 후『에로티슴』(1957)에 수록된다.

　11월 초 아발롱에 머문다. 제네바에 들르는데, 그곳에서 12월 1일, 그의 딸 쥘리(Julie)가 출생한다. 디안, 쥘리와 함께 아발롱에 다시 체류한다.

　다비드 루세를 주축으로 한 지식인들의 운동(사르트르는 이 모임과 대립함)인 '혁명적 민주주의 연합'에 가입하고자 한다.

1949년—1월,『메르퀴르 드 프랑스(Mercure de France)』지에「경제에서 증여의 역할: '포틀래치'」를 싣는다.

　2월, 런던의 프랑스 문화원에서 8일 '초현실주의와 신성' 그리고 10일 '자본주의 경제, 종교적 희생제의와 전쟁'이라는 주제로 두 번 강연하고, 케임브리지에서 두 번 더 강연한다. 총서 '부의 사용법'에『저주의 몫 제1권: 소모(La Part maudite I: La Consumation)』를 출판(2월 16일 초판 인쇄 완료)하는데, 이 작품의 기획은 1930년대에 시작된 것이다. 이 책의 마지막 겉표지에는 제2권의 제목으로 '성적 불안에서부터 히로시마의 불행까지(De l'angoisse sexuelle au malheur d'Hiroshima)'가 예고되어 있는데, 이는 후에 차례로『에로티슴의 역사(L'Histoire de l'érotisme)』와『에로티슴(L'Érotisme)』이 될 것이다(1954년 1월 참조). 1950년 초 제3권『정치적 논의(Propos politiques)』가 기획되는데, 이것이『주권성(La Souveraineté)』이 된다(1950년 4월과 1954년 1월 참조). 그러나 오직 한 권만이『저주의 몫』의 기획 연작으로 출판되었을 뿐이다.

　3월, 카뮈가 인터뷰(『파뤼[Paru]』[출판된]

1948년 10월 호)에서 언급한 바타유의 니체 해석에 대해, 「총론: 니체」(『크리티크』)로 응답한다.

5월, 앵갱베르틴 드 카르팡트라스(Inguimbertine de Carpantras) 도서관 사서로 임명된다. 『분열 번식』이 『카이에 드 라 플레이아드(Cahiers de la Pléiade)』[플레이아드 총서 연구지] 봄 호에 실린다.

6월, 『크리티크』에 「총론: 라신」을 발표한다.

7월, 「중세 프랑스 문학, 기사도적 윤리와 정념」(『크리티크』)을 발표하는데, 이 글은 기획 단계에 있던 책 『까마득히(A perte de vue)』의 1953년 11월 작성 노트에 등장한다. 병이 난 디안은 제네바에 머물며 치료를 받는다.

9월, 재정적 이유로 『크리티크』 출간이 중단된다. 바타유는 이 잡지를 재개하기 위한 조치를 취한다. 아비뇽에서 매음굴을 발견하여 이곳을 "교회(L'Église)"라고 부른다.

11월 10일, 1948년 탈고한 『에포닌(Éponine)』 초판 인쇄 완료. 이 책은 후에 이본들과 함께 『C 신부(L'Abbé C)』에 포함된다.

이해부터 사후 출간될 텍스트 『초현실주의의 문제들(Les Problèmes du surréalisme)』의 1부인 「각성」(『84』지 7호)의 집필이 시작된다. 또한 「중립성의 원칙들」 노트 역시 작성 시작되는데, 이 노트들은 자본주의와 전쟁에 대한 일종의 정치적 프로그램이 될 책을 위한 것으로, 강연들, 출판된 책들과 논문들을 '연감' 형태로 정리하려는 시도의 일환이었다.

1950년—2월, 사드의 『쥐스틴 혹은 미덕의 불행(Justine ou les Malheurs de la vertu)』 서문을 쓴다. 벨메르가 표지를 그린 이 책은 프레스 뒤 리브르 프랑세(Presses du Livre Français) 출판사의 '검은 태양(Soleil noir)' 총서 첫 권으로 출간된다.

3월 28일, 스위스인 편집자에게 '벗들이 추천한 위대한 화가들' 총서에 발튀스를 다룬 한 권을 포함시킬 것과, 영국 시인 블레이크에 대한 소책자를 출판할 것을 제안한다. 블레이크의 책과 관련해서는 바타유 사후 출간된 블레이크 관련 텍스트들과 작품 번역 등의 자료 모음집인 『윌리엄 블레이크 혹은 무한 자유』에 나타나 있다. 이 시기에, 1951년 결국 집필을 포기하게 될 『에로티슴의 역사』를 쓴다. 이 책은 『저주의 몫』 제2권을 위한 두 기획과 깊이 연관된다. '사드와 에로티슴의 정수(Sade et l'essence de l'érotisme)'에서 나중에 '사드와 성 혁명(Sade et la révolution sexuelle)'으로 제목을 바꾸어 기획했던 책과, 1949년의 노트 『성적 불안(L'Angoisse sexuelle)』이 그것이다. 29일, 바타유는 크노와 함께 『누벨 르뷔 프랑세즈』에 자신이 썼던 글들을 네 권으로 엮어 편집하여 '무신학대전(Somme athéologique)'이라는 제목을 붙여 출간하기로 합의한다. 제1권은 서론 격의 글 「무신학」, 『내적 체험』(2쇄본), 『명상의 방법』(2쇄본), 『무신학 연구(Études d'athéologie)』를 묶기로 하고, 제2권은 『히로시마, 니체적 세계(Monde nietzschéen d'Hiroshima)』, 『니체에 대하여』(2쇄본), 『메모랜덤』(2쇄본)을 묶고, 제3권은 '우정'이라는 제목하에 『죄인』(2쇄본), 『할렐루야』(2쇄본), 그리고 『어느 비밀 조직의 역사(Histoire d'une société secrète)』를 묶기로 하고, 제4권은 '악의 성스러움'이라는 제목으로 『크리티크』에 썼던 몇 편의 논문들과 미슐레의 『마녀』 서문을 묶기로 했다. 이 중 제4권으로 기획됐던 책은 『문학과 악』(1957)의 원형이 된다. 이후 수차례 수정을 거쳤던 이 책은 상당 부분 미완으로 남는다.

4월, 8월 25일 니체 사망 50주년을 기념해 『니체에 대하여』 재판본의 서문으로 「니체와 공산주의」라는 글의 초안을 작성하는데, 이 서문은 "책 한 권만큼의 중요성을 띤" 글이 된다.

이것이 바로 『주권성』의 초안을 가리킨다.

　　5월 10일, 『C 신부』 초판 인쇄 완료(미뉘 출판사). 『레 레트르
프랑세즈(Les Lettres françaises)』[프랑스 문예]는 『C 신부』의
주인공에 대해 격렬하게 공격한다. 미뉘 출판사는 소송을 제기하며,
결국 『레 레트르 프랑세즈』는 전언을 철회할 것을 판결받는다.
28일, 바타유는 디앙, 피카소와 함께 님에서 열린 투우사
아루자(Arruza)의 경기를 관람한다.

　　『크리티크』는 집행 위원회의 확대에 힘입어 미뉘 출판사에서
재간행되기 시작한다. 바타유는 여기에, 후에 『문학과 악』에 수록될
「공산주의적 비판 앞의 프란츠 카프카」를 기고한다. 이외에도
「총론: 실존주의」를 싣고, 11월에는 「지드와 야스퍼스에 따른
니체와 예수」를 싣는다.

1951년—1월 12일, 철학회에서 '비지(非知, non-savoir)의
결론들'을 주제로 강연한다. 16일, 디앙 코쉬베 드 보아르네와
혼인한다. 『84』지 1–2월호에 「마르크시즘의 관점에서 바라본
니체」를 발표한다.

　　4월, 미뉘 출판사에 『에로티슴의 역사』 원고를 보낸다.
발행인 제롬 랭동(Jérôme Lindon)은 출판을 9월로 연기하기로
결정한다.

　　7월 19일 부로 오를레앙 시립 도서관으로 발령받는다.
이때부터 그는 정기적으로 파리를 방문하게 된다. 또한 오를레앙의
한 매음굴에 자주 출입한다.

　　12월, 『크리티크』에 「반항할 시간」 1부를 발표한다(2부는
1952년 1월에 발표된다). 이 글은 카뮈의 『반항하는 인간』에 대해
브르통이 『아르(Arts)』[예술]지에서 공격했던 내용에서 비롯한
것으로, 바타유는 카뮈의 입장을 옹호하면서도 자신이 초현실주의

입장에 동의하고 있다는 사실을 재확인시킨다. 그는 『레 탕 모데른』지에서 시작되어 결국 사르트르와 카뮈의 결별을 초래한 논쟁과 관련하여, 『크리티크』에 「총론: 『반항하는 인간』 사건」을 실음으로써 다시 한 번 카뮈에 동조하는 입장을 밝힌다.

1951년은 또한 『눈 이야기』 재판(부르고스[Burgos] 출판사)이 발행된 해이다.

1952년—2월 6일, 레지옹 도뇌르 훈장을 받는다.

4월, 본래 『내적 체험』의 재판 서문으로 쓰여진 글 「주권자(Le Souverain)」가 발표된다(『보테게 오스쿠레[Botteghe oscure]』[어두운 작업실], 9집).

5월 8–9일, 철학회에서 '죽음의 가르침'을 강연한다. 『크리티크』에 「신비주의 체험과 관능의 관계」1부를 기고한다 (2부는 『크리티크』8–9월 호에 기고한다).

6월 23일, 6등급 사서, 1등급 운영 위원으로 승진한다.

11월 24일, 철학회에서 '비지(非知)와 반항'을 강연한다.

12월 5일, 2등급 운영 위원으로 승진한다. '오를레앙 농업, 과학, 문학 예술 협회'(오늘날의 오를레앙 학술원)가 주최한 강연에서 「라스코동굴에 관하여」를 발표한다.

1952년부터 사후 출판 노트인 「문학에 대하여」와 「다양한 것들」, 그리고 '무신학대전' 제5권에 들어갈 목적으로 쓰여진 아포리즘들의 집필이 시작된다. 이해 말부터 라스코에 대한 영화 초안이 구상된 것으로 보이는데, 이에 대해서는 하나의 구상안과 세 개의 스케치, 그리고 한 편의 시나리오가 적힌 노트들에 기록되어 있다.

1953년—1–2월, 오를레앙에서 『1953 추신(1953 Post-

scriptum)』을 쓰는데, 이는 1954년『내적 체험』재판본의 후기로
출판된다. 2월 9일, 철학회에서 '비지(非知), 웃음과 눈물'을
강연한다.

3-7월,『크리티크』에「헤겔의 관점에서 본 헤밍웨이」,
「동물에서 인간으로의 이행과 예술의 탄생」,「공산주의와
스탈린주의」,「죽음의 역설과 피라미드」등 여러 편의 글을
발표하고, 사르트르의『성 주네(Saint Genet)』에 대한 서평으로
「악의 바깥」(『더 타임스 리터러리 서플먼트』, 3월 20일)과
「비지(非知)」(『보테게 오스쿠레』11집, 4월)를 발표한다.

7월, 올랭피아(Olympia) 출판사에서, 피에르
앙젤리크(Pierre Angélique)라는 가명으로,『눈 이야기』를
오디어트(Audiart, 오스트린 웨인하우스[Austryn Wainhouse]의
가명)가 영어로 번역한『충족된 욕망의 이야기(A Tale of Satisfied
Desire)』를 출판한다. 25일, 3등급 운영 위원으로 승진한다.

8월,『아르』에「라스코에서의 약속, 문명 인간은
욕망의 인간으로서 자신의 모습을 되찾다」(8월 7-13일 호)와
「아포리즘」(8월 14-20일 호)을 기고한다.

9월, '현 시대의 불안과 정신의 의무들'을 주제로 한 제8회
제네바 국제 학회에서 수차례 발언한다.

12월 초 심각한 뇌동맥경화증이 최초 발병하는데, 후에 결국
이 질환이 그의 사망 원인이 된다.

이해부터『미국 민중 백과사전(The American Peoples
Encyclopedia)』(시카고, 1953)에 실을「1952년의 프랑스 문학」의
집필이 시작된다. 또한 에로틱 단편소설「분첩(La Houppette)」의
초안이 구상된다.

1954년—1월,『내적 체험』재판본 인쇄 완료. 이 책은『명상의

방법』과『1953 추신』이 덧붙여져 '무신학대전'의 제1권으로
출판된다(갈리마르 출판사). 9일, 병중에도 불구하고 바타유는
제롬 랭동에게 쓴 편지에서 3월 1일까지『저주의 몫』제2권과
제3권 원고를 보내겠다고 통지한다. 제2권은『에로티슴의 역사』를
개작한『에로티슴』(이 새로운 버전은 1957년 출판될『에로티슴』과
거의 유사하나 사실상 집필 포기)을, 제3권은『주권성』(역시 집필
포기)을 가리킨다.

3월, 그는 알베르 스키라와 함께 선사시대 예술을 다룰
저작의 기획을 중단한다. 이 책은 당시 '최초의 인간들의 예술(L'Art
des premiers hommes)'이라는 제목이었으며, 후에『선사시대의
회화: 라스코 혹은 예술의 탄생(La Peinture préhistorique:
Lascaux ou la Naissance de l'art)』('회화의 위대한 세기들[Les
Grands siècles de la peinture]' 총서, 1955)으로 바뀐다.

4월, 시「미분화된 존재는 아무것도 아닌 것」을
발표한다(『보테게 오스쿠레』, 13집).

5월, 알베르 스키라와 함께 라스코동굴 방문.

7월, 사드의『소돔 120일 혹은 방탕주의 학교』(올랭피아
출판사)에 에세이「사드 읽기에 관하여」를 신는다.

3막 희곡 작품의 일부인「할미꽃 결혼식(Les Noces de
Pulsatilla)」과「카바티나(La Cavatine)」, 그리고 단편소설「10일(Le
10)」의 초안이 이해에 집필되기 시작한 것으로 보인다.

1955년—1월 18일, '오를레앙 도서관의 후원자 협회'에서 '라스코와
선사시대 예술'을 주제로 강연한다. 그는 조르주 바타유로
서명한『마담 에두아르다』의 서문을 작성하고, 재판 발행을
발트베르크에게 알린다. 이 재판본은 방대한 양의 텍스트들을
엮을 것으로 예정되어 있었는데, '디비누스 데우스(Divinus

Deus)'를 제목으로 하여 피에르 앙젤리크라는 인물의 일종의 자서전 형태로『마담 에두아르다』외에『내 어머니(Ma Mère)』, 『샤를로트 댕제르빌(Charlotte d'Ingerville)』을 엮은 뒤, 바타유가 「에로티슴의 역설(Paradoxe sur l'érotisme)」이라는 해설을 붙이는 구성이다.『내 어머니』와『샤를로트 댕제르빌』은 바타유 사후 각각 1966년과 1971년에 출판된다.

3월, 장자크 포베르(Jean-Jacques Pauvert) 출판사에서 사드의『쥐스틴 혹은 미덕의 불행』서문이 출판된다.

5월, 「에로티슴의 역설」(『NNRF』)과 「사상과 문학: 작가와 비평가로서 모리스 블랑쇼」(『더 타임스 리터러리 서플먼트』, 5월 27일)를 발표한다. 봄부터 철학회를 위한 강연문 「성스러움, 에로티슴과 고독」이 집필되어 후에『에로티슴』에 수록된다.

9월 30일,『마네(Manet)』초판 인쇄 완료(스키라 출판사의 '우리 시대의 취향[Le Goût de notre temps]' 총서).

10월,『듀칼리온(Deucalion)』에 「헤겔, 죽음과 희생제의」와, 크노와 공동 작업하고 이전에『사회 비평』지에 발표했던 바 있던 「헤겔 변증법 토대 비판」을 발표한다.

11월 5일, '북아프리카 전쟁 속행에 반대하는 지식인들의 행동 위원회'가 창립되어, 바타유 역시 여기에 가입한다.

1956년—1월 15일, 피에르 앙젤리크라는 가명으로, 조르주 바타유의 서명이 된 서문이 포함된『마담 에두아르다』재판 인쇄가 완료된다(포베르 출판사). 31일, 4급 공무원으로 승진한다. 1–2월, 『몽드 누보파뤼(Monde nouveau-paru)』[새로 나타난 세계] 96호와 97호에 「헤겔, 인간과 역사」를 게재한다.

3–4월,『레 레트르 누벨(Les Lettres nouvelles)』[신문예] 36호와 37호에 「에로티슴 혹은 존재를 문제 삼기」를 게재한다.

6월, 올랭피아 출판사에서 여전히 피에르 앙젤리크라는 가명으로, 『마담 에두아르다』의 1941/5년 판과 바타유의 서문을 오디어트가 번역한 『천국의 문 앞에서 벌거벗은 야수(The Naked Beast at Heaven's Gate)』를 출판한다.

6월에서 9월 사이 『몽드 누보파뤼』의 세 호에 걸쳐 『주권성』의 세 부분을 게재한다.

12월 15일, 『소돔 120일』 출판으로 인해 기소된 포베르 출판사 소송 사건으로 열린 제17회 파리 경범죄 법정이 열린다. 여기에 제출된 바타유의 공술서는 콕토, 폴랑의 공술서, 그리고 브르통의 편지와 함께 『사드 사건(L'Affaire Sade)』에 묶여 출판된다(1957년 1월 28일 인쇄 완료).

이해에 질 드 레(Gilles de Rais)에 대한 책을 쓰기 시작한 것으로 보인다(1959년 편집됨).

1957년—1월 17일, 로베르 갈리마르에게 『문학과 악』 출판을 제안한다. 이 책은 1946년부터 1952년까지 잡지에 발표했던 연구들에 2월 『크리티크』지에 기고하는 「에밀리 브론테와 악」이 더해져, 같은 해에 갈리마르에서 출간된다(7월 30일).

2월 12일, 「에로티슴과 죽음의 매혹」을 발표한다. 이 강연문은 『에로티슴』의 서문으로 사용된다.

6-7월, 전염성 류머티즘으로 입원한다. 모리스 지로디아스와 함께 '사회학 학회'의 일종의 후속 단체로서 '기원(Genèse)'이라는 제목의 에로티슴을 다루는 잡지를 창간할 기획을 한다. 이 기획의 일환으로 바타유는 7월과 11월 사이에 사후 출간될 텍스트 「에로티슴의 의미」를 집필하고, 역시 생전에 미발행될 논문 「레스퓌그의 비너스」(원제는 '에로틱한 이미지')를 집필한다.

8-9월, 『크리티크』에 「우리가 죽어가는 이 세계」 기고.

9월 30일, 『하늘의 푸른빛』 초판 인쇄 완료(포베르 출판사).

10월 3일, 『에로티슴』 초판 인쇄 완료(미뉘 출판사). 4일, 갈리마르, 미뉘, 포베르 세 출판사가 바타유의 60번째 생일을 기념하는 파티를 개최한다. 이날, 세 출판사가 공동 제작한 작가 약력이 담긴 광고 책자가 발행된다.

1958년—1월, 바타유에 대해 다룬 『라 시귀(La Ciguë)』[독(毒) 당근] 특별호에 「포화 상태의 지구」를 기고한다.

4월, 「순수한 행복」(『보테게 오스쿠레』 21집)을 발표한다. 이 글은 본래 코제브가 1950년에 작성한 「조르주 바타유의 작품을 위한 서문」과 함께 '무신학대전' 제4권에 실릴 목적으로 쓰여진 일련의 글들을 모아 엮은 것이다.

10월 21일, 라캉의 초대로 생트안 가에서 '쾌락과 놀이의 양가성에 대하여'를 강연한다.

1959년—1월, 발트베르크와 함께 성(性) 잡지 발행 가능성을 타진하는 동시에, 자신의 전기를 구상한다.

5월 20일, 조제프마리 로 뒤카(Joseph-Marie Lo Duca)가 지휘하고 있는 '세계 성과학 총서(Bibliothèque internationale d'érotologie)'에 속할 책들을 포베르 출판사에 알린다.

7월, 로 뒤카와 함께 도판 작업에 착수한다. 24일, 이 저작의 제목을 '에로스의 눈물'로 결정한다. 27일, 4부로 구성된 책의 차례를 작성한다. 이는 『라스코 자료(Dossier de Lascaux)』의 텍스트 중 몇 편을 엮은 것이다.

8–9월, 『크리티크』에 「선사시대의 종교」 기고. 『크리티크』에 싣는 마지막 글이 된다.

10월 14일, 「실 느 레의 회한과 노출증」(『레 레트르 누벨』)을 발표한다.

11월 4일, 클럽 프랑세 뒤 리브르[프랑스 도서 클럽]
출판사에서 『질 드 레 소송 사건(Le Procès de Gilles de Rais)』
초판 인쇄 완료. 바타유는 사건 관련 원본 텍스트들을 정리한 뒤
이에 주석을 달았다(라틴어로 된 교회 소송 공판 기록 번역은
클로소프스키가 맡았다).

1960년—"기억력의 문제들로 인해 더욱 악화된 불안정한 건강
상태." 전력을 다해 『에로스의 눈물』을 작업하지만 더디게 진행된다.

9월 15일경 실어증을 겪은 뒤 천천히 회복한다.

11월, 『누벨 르뷔 프랑세즈』지에 「공포(La Peur)」를
발표하는데, 이 글은 『죄인』의 재판본 출간시 서론으로 수록된다.

1961년—1월 20일, '무신학대전' 제2권으로 『죄인』이 인쇄
완료된다. 이 책에는 「서론」과 「할렐루야: 디아누스의 교리」가
덧붙여진다(갈리마르 출판사).

3월 2일, 그는 장자크 마티뇽(Jean-Jacques Matignon)
박사의 저작 『용의 나라에서의 10년(Dix ans au pays du
dragon)』(1910)에서 발췌된 '능지처참당하고 있는 중국인
처형자'의 사진을 발견하는데, 이 사진은 『에로스의 눈물』에 실릴
같은 내용의 사진들과 달랐다. 이에 따라 이 사진을 책에 수록하는
것에 대해 로 뒤카와 대립하게 된다. 이 사진들의 삽입은 '부두교
희생제의—중국인 처형자—마지막 삽화들'로 되어 있던 배열 순서를
고려하지 않은 것이기 때문이다. 17일, 발트베르크가 주최한 바타유
후원 연대 경매가 열린다.

6월 2일, 기력이 쇠했음을 의식하며 코제브에게 "그럼에도
불구하고 나는 최소한 당신의 『헤겔 독해 입문』에 필적할 만한

작품을 쓰고자 합니다"라고 쓴다. 『에로스의 눈물』을 출판하고, 발췌본이 『텔 켈(Tel Quel)』(5호, 봄)에 실린다. 이 책은 프랑스 내무부 블랙리스트에 오르게 된다.

1962년—1월, 『시의 증오』 재판본 발간 작업에 착수한다. 그는 새로운 제목 '불가능(L'Impossible)'에 부제로 「쥐 이야기」, 「디아누스」와 「오레스테이아」를 붙이고자 했다. 그는 서문에 이렇게 덧붙인다. "내 책에서 주어진 불가능은, 사실 성(性)을 말함이며 (…) 사드는 그의 삶뿐만 아니라 죽음까지 성의 본질적인 형태 그 자체다."

　　3월 1일, 파리 생쉴피스 가 25번지에 위치한, 미술 작품 경매를 통해 마련된 자금으로 구입한 아파트에 정착한다. 12일, 그는 파리 국립도서관의 4등급 운영 위원으로 이동된다. 그러나 건강상의 이유로 휴직한다.

　　4월 21일, 『불가능』 초판 인쇄 완료(미뉘 출판사).

　　7월 초, 디안은 쥘리와 함께 영국으로 간다. 7일, 바타유는 집에서 『눈 이야기』를 영화화한 작품을 감상한다. 이 자리에는 미국 성 의학자 부부이자 이 영상물을 작업한 쿤하우젠(Kunhausen) 부부가 참석한다. 7일에서 8일로 넘어가는 새벽 혼수상태에 빠진 바타유는 8일 오후 병원으로 옮겨지고, 9일 아침 사망한다. 베즐레에 묻힌다.

차지연 옮김

이 연보는 갈리마르 플레이아드 총서 『소설과 단편』에 실린, 마리나 갈레티 (Marina Galletti)가 정리한 소드주 바타유 연보를 참조해 작성되었다.

워크룸 문학 총서 '제안들'

일군의 작가들이 주머니 속에서 빚은 상상의 책들은 하양
책일 수도, 검정 책일 수도 있습니다. 이 덫들이 우리 시대의
취향인지는 확신하기 어렵습니다.

제안들 2

조르주 바타유
불가능

성귀수 옮김

초판 1쇄 발행. 2014년 1월 31일
6쇄 발행. 2024년 4월 30일

발행. 워크룸 프레스
편집. 김뉘연
제작. 세걸음

ISBN 978-89-94207-35-3 04800
978-89-94207-33-9 (세트)
17,000원

워크룸 프레스
03035 서울시 종로구
자하문로19길 25, 3층
전화. 02-6013-3246
팩스. 02-725-3248
메일. wpress@wkrm.kr
workroompress.kr

옮긴이. 성귀수 — 음절배열자, 번역가. 연세대학교 불어불문학과를 졸업한 후
동 대학원에서 박사 학위를 받았다. 저서로 시집 『정신의 무거운 실험과 무한히
가벼운 실험정신』과 『숭고한 노이로제』가 있고, 옮긴 책으로 아폴리네르의 『일만
일천 번의 채찍질』, 가스통 루루의 『오페라의 유령』, 아멜리 노통브의 『적의
화장법』, 장 폴 브리겔리의 『사드 — 불멸의 에로티스트』, '스피노자의 정신'의
『세 명의 사기꾼』, 샤를 루이 바라의 『조선기행』, 폴린 레아주의 『O 이야기』,
크리스티앙 자크의 『모차르트』(4권), 모리스 르블랑의 『결정판 아르센 뤼팽
전집』(10권), 수베스트르와 알랭의 『팡토마스』 선집(5권) 등 100여 권이 있다.
D. A. F. 드 사드 사후 200주년을 맞아 2014년부터 사드 전집을 번역하고 있다.

연보 옮긴이. 차지연 — 서울대학교 인문대학 불어불문학과 및 동 대학원에서
수학하고 프랑스 파리7대학에서 조르주 바타유에 대한 논문으로 박사 학위를
받았다. 현재 충남대학교 불어불문학과 교수로 재직하며 연구와 교육 활동을
이어가고 있다.